# LA CHASSE

AUX

# FANTÔMES

## PAR ARNOULD FREMY,

AUTEUR D'UNE FÉE DE SALON.

La vie est un enfant qu'il faut bercer
jusqu'à ce qu'il s'endorme.   M. DE V...

**PARIS,**

L. DESESSART ET Cie, ÉDITEURS,

15, RUE DES BEAUX-ARTS.

1838.

## L. DESESSART ET Cie, ÉDITEURS,

RUE DES BEAUX-ARTS, 15.

# LE
# MAGICIEN,

PAR

## ALPHONSE ESQUIROS.

2 vol. in-8.

Ce roman, qu'on attend avec une curiosité très-vive et qui restera, nous l'espérons, à la hauteur de cette attente, est une œuvre pleine d'étude et d'audace. Depuis longtemps les modernes avaient renoncé à l'emploi du merveilleux dans l'art ; ce moyen d'intérêt si puissant et si fécond était devenu stérile entre leurs mains. L'auteur a ressuscité, dans le *Magicien*, tout ce que les croyances occultes ont de curieux, d'étrange, de poétique, de formidable, si bien que la lecture de ce livre jette l'ame dans un état particulier d'exaltation et de terreur. Son fantastique n'est d'ailleurs pas produit par les moyens artificiels et faciles des autres romans merveilleux ; il est toujours vrai, toujours possible, toujours avoué par la science et éclairé de cette sombre lumière que le magnétisme a répandue dans ces derniers temps sur les prodiges de la magie. Ce livre s'adresse donc, par la forme, aux têtes ardentes et inquiètes ; c'est une fascination et un mystère.

Au fond, l'auteur a voulu que son œuvre fût humaine et qu'elle allât chercher la nature dans tout ce qu'elle a d'intime, de sonore et de palpitant. Le drame constitue la partie forte du livre. Une action serrée, poignante, fougueuse, conduite à travers toutes les péripéties du cœur, la joie, les larmes, l'espérance, la crainte, et dénouée par une catastrophe surprenante, laisse le lecteur ému et attéré. Des caractères fortement excentriques et tracés d'une main hardie, mais tous rattachés à la nature par quelque fibre sensible et retentissante, un jeu de passions tour à tour tendres, soumises ou révoltées, l'ambition, la haine, l'égoïsme, l'amour, l'amour chaste et héroïque, l'amour poussé jusqu'à ses dernières violences morales, et au-dessus de tout cela une grande apothéose, celle de la femme, voilà, en quelques mots, ce livre dont le défaut serait certes moins le vide que l'exubérance.

On pourrait faire deux ou trois romans de maintenant avec la matière de celui-ci ; mais l'auteur a mieux aimé la condenser en un seul, afin de lui donner plus de solidité.

Cette action se détache sur le fond éblouissant de la renaissance. On sera effrayé de tout ce qu'il a fallu de recherches laborieuses, d'études fortes, d'amour pur et désintéressé de l'art, pour amener le lecteur à la jouissance de toutes les merveilles de ce seizième siècle, qui fut celui du luxe, du rayonnement, de l'amour et de la beauté.

Le magicien est d'ailleurs un roman philosophique. Le grand duel du panthéisme et de la foi chrétienne, les graves questions de la femme, de la famille et du culte, y sont touchés d'une façon neuve et ardente, qui remue, exalte et fascine, si elle n'arrive pas toujours à convaincre.

Le style est celui qu'on connaît à l'auteur, ferme, éclatant, énergique, soufflé d'une grande haleine, se ménageant, à travers tous les détours d'une phrase flottante et travaillée, des effets imprévus qui saisissent ; mais, cette fois, il s'est fait, en entrant dans un livre, encore plus robuste et plus sévère : le journal meurt, le livre reste.

Ce roman rencontrera sans doute le genre d'opposition qui attend toutes les œuvres fortes et osées ; mais nous sommes du moins certains qu'il sera pris au sérieux, et que, remarqué par la presse, il obtiendra ce succès de blâme et d'éloge qui entraîne tous les autres succès.

## ROMANS SOUS PRESSE :

LA CHASSE AUX FANTOMES, par Arnould Frémy, 1 vol. in-8.

LA COMÉDIE DE LA MORT, par Théophile Gautier, 1 vol. in-8.

LE SERPENT SOUS L'HERBE, par Arsène Houssaye, 2 vol. in-8.

UN ROMAN, par Émile Barrault, 2 vol. in-8.

LE COLONEL RICHMOND, par Jules de Saint-Félix, 2 vol. in-8.

CATHERINE DE NAVARRE, par Ernest Alby, 2 vol. in-8.

LE CAPITAINE FRACASSE, par Théophile Gautier, 2 vol. in-8.

## ROMANS EN VENTE :

RÉGINA, par madame Tullie Moneuse, 2 vol. in-8. 15 fr.

LA DUCHESSE DE BOURGOGNE, par Jules de Saint-Félix, 1 vol. in-8. 7 fr. 50 c.

MADEMOISELLE DE MARIGNAN, par le même, 1 vol. in-8. 7 fr. 50 c.

LES AVENTURES GALANTES DE MARGOT, par Arsène Houssaye, 1 vol. in-8. 7 fr. 50 c.

LA PÊCHERESSE, par le même, 2 vol. in-8. 15 fr.

TROIS ANS APRÈS, par madame Tullie Moneuse, 1 vol. in-8. 7 fr. 50 c.

QUIBERON, par Ernest Ménard, 2 vol. in-8. 15 fr.

UN HOMME ENTRE DEUX FEMMES, par Gustave West, 1 vol. in-8. 7 fr. 50 c.

LES PRISONNIERS D'ABD-EL-KADER, par A. de France, 2 vol. in-8. 12 fr.

IMPRIMERIE DE Mme HUZARD (NÉE VALLAT LA CHAPELLE),
rue de l'Éperon, n° 7.

# LA CHASSE

## AUX

# FANTÔMES.

# LA CHASSE

AUX

# FANTÔMES

## PAR ARNOULD FREMY,

### AUTEUR D'UNE FÉE DE SALON.

La vie est un enfant qu'il faut bercer
jusqu'à ce qu'il s'endorme.  M. DE V...

## PARIS,

## L. DESESSART ET Cie, ÉDITEURS,

### 15, RUE DES BEAUX-ARTS.

## 1838.

On s'est longtemps élevé contre l'usage et la nécessité des préfaces ; mais aujourd'hui, il nous semble qu'on y revient, et nous pensons qu'on a raison.

Les belles-lettres sont à présent beaucoup trop mal-traitées pour que l'on continue longtemps, sans doute, à les traiter aussi mal; mais, en attendant, elles ne doivent pas s'enlever à elles-mêmes leurs ressources et leurs seuls moyens de défense.

Il est fort possible que sur vingt préfaces on en écrive dix-neuf d'insipides ou d'extravagantes; l'essentiel est qu'il s'en trouve une seule de raisonnable; elle fera oublier les autres et servira aux intérêts communs des gens de lettres. En toutes choses, on fait promptement justice du ridicule, et la vérité conserve toujours ses droits.

En se rencontrant ainsi sur un terrain neutre, il est probable aussi qu'il s'établira des rapports plus communicatifs et, par conséquent, plus convenables entre les écrivains qui s'occupent de juger les ouvrages et ceux qui s'occupent d'en créer. On a beau dire, ces deux classes se tiennent; or, depuis quelque temps, il est arrivé que l'une des deux s'est élevée de beaucoup au dessus de l'autre. Les juges ont placé les prévenus, non pas à leur niveau, mais à leurs pieds. Les choses peuvent se passer ainsi dans la justice divine et humaine, mais non pas dans la justice littéraire.

Ce défaut d'équilibre entre les choses créées et les choses jugées n'a pas été produit, comme on l'a cru, par le fiel ou la jalousie ; ce sont de vieilles maladies qui n'existent plus. Il y a eu quelques malentendus, parce qu'un seul des deux partis avait la parole.

A l'état où en sont maintenant les idées, il ne faut pas croire qu'il y ait des écrivains inventeurs capables de pouvoir se passer des faveurs, des égards et même des manques d'égards de la critique ; c'est pourquoi les critiques qui tiendraient leur salle d'audience fermée pour tout le monde, excepté pour leurs amis ou les trépassés, ne mériteraient pas le nom de critiques. Quant à ceux qui s'érigeraient en magisters outrés et coifferaient indistinctement tous les inventeurs contemporains d'un bonnet d'âne, il faudrait leur appliquer ce mot d'un ancien : « O gens de parti, gens attaqués » de la jaunisse, verrez-vous donc toujours » tout en jaune ? »

La race des folliculaires injustes et tracassiers, qui amassait tant de bile dans le cœur de Voltaire, est éteinte. Il existe autant de zèle et de goût parmi les gens qui jugent les livres que parmi ceux qui en composent. Ce sont deux intérêts qui se touchent, il ne s'agit que de les confondre, afin que l'art d'écrire s'empare enfin du rang qui lui est dû.

Si les jugements littéraires persistaient à planer au dessus des idées et des fictions, il faudrait nous résigner à n'avoir bientôt plus, comme nos voisins, qu'une littérature purement factice et consultante. Il en serait de la France comme de l'Angleterre et de l'Allemagne, où la critique étouffe les graces de l'esprit et lui coupe les ailes; ici, avec des systèmes à perte de vue et les mille appareils de l'esthétique, et là, avec des revues aigres et pédantes, qui placent les poètes et les inventeurs sous un régime perpétuel de terreur.

Voilà pourquoi nous pensons que les écrivains qui se respectent doivent toujours se conserver une place d'où ils puissent, au besoin, s'adresser directement au public. C'est le seul moyen d'exposer des plaintes ou des peines qui ne peuvent être confiées qu'à celui qui en profite.

# LA CHASSE AUX FANTOMES.

Quand lady Coventry visita la France, elle eut pour guide et pour compagnon de voyage M. Bourk, homme fin et spirituel. A la première auberge où milady descendit à Calais, elle s'écria : « Fi! le triste appartement ! quelles gens ! l'effroyable séjour que voilà ! »

A quoi M. Bourk répondit : « Si vous cherchez ici, madame, le luxe et les aises de votre
maison, nous retournerons, s'il vous plaît, à
Londres; mais si vous voulez voir, au contraire, autre chose que ce que nous quittons,
alors nous continuerons le voyage. »

Nous appliquerons à ce récit les paroles de
M. Bourk : « Si vous n'aimez que les histoires
frayées ( et nous n'en manquons pas aujour-
d'hui ), les routes droites, n'allez pas plus
loin, de grâce! Si, au contraire, vous voulez
sortir un peu des routes battues, alors suivez-
nous; mais rappelez-vous bien que vous n'êtes
plus à Paris ; vous êtes à quatre cents lieues
de Paris et de l'Opéra, sous un ciel où les
hommes, à force de bien-être, ressemblent à
des farfadets, et où les têtes sont à la fois
fragiles et transparentes comme le cristal. En
un mot, *vous chassez aux fantômes ;* songez
à cela, et voyez s'il vous plaît de contempler

un instant l'espèce humaine à travers une bulle de savon. »

Du reste, Horace Walpole dit, dans une de ses lettres, que lady Coventry se décida à continuer son voyage en France.

## I.

## LE SORTILÉGE.

Eugène Lavernaye rentra chez lui, l'été dernier, à neuf heures du soir. Il était pâle, troublé ; ses traits étaient renversés et ses cheveux en désordre. A le voir, on l'eût pris pour un joueur que le sort vient de maltraiter, ou pour un fou échappé de sa cage.

Eugène Lavernaye n'était pourtant, grâce à Dieu! ni joueur ni fou. Il était seulement superstitieux par caractère, souvent même disposé au fatalisme : chacun a les défauts de son tempérament. Lavernaye avait le tempérament bilieux ; ensuite il avait manifesté, dès son enfance, un goût vif pour les livres d'astrologie, les romans en vers et les lanternes magiques : trois raisons pour avoir le *spleen* de bonne heure.

Son père, négociant à Constantinople, était un de ces hommes singuliers et fantasques, qui ne se dirigent que d'après leurs seules idées. Il avait fait voyager en Orient son fils, encore enfant. A Constantinople, il avait rencontré autrefois un vieux prêtre juif, qui se donnait pour précepteur et s'était chargé d'enseigner à ce fils le latin et la nécromancie.

Il était résulté de là qu'en revenant en

France, Eugène lisait parfaitement dans les
astres; et maintenant encore, bien qu'il se
traitât parfois lui-même de fou et de vision-
naire, il contemplait cependant, tous les
soirs, une étoile que le prêtre juif lui avait
indiquée comme étant la sienne. Si cette étoile
se cachait, Eugène ne doutait pas qu'il ne lui
arrivât, le lendemain, quelques uns de ces
petits accidents particuliers, souvent plus
amers que de grandes infortunes : son choco-
lat sentirait le brûlé, par exemple, ou bien...
Je vous laisse à deviner l'autre malheur.

Cependant, le 3 janvier 18. ., Eugène n'é-
tait occupé que d'une étoile voisine de la sienne,
l'étoile de mademoiselle Pauline de Lussan,
qu'il aimait et devait épouser : « Ah! maudite
étoile, » s'écriait-il par moments, « pourquoi
te vois-je ainsi briller et disparaître tour à
tour ? N'es-tu pas un salutaire avertissement pour moi et le symbole prophétique

du caractère de celle que je dois épouser? »

On s'étonnera peut-être de voir un homme déjà mûr et sensé, tel qu'Eugène Lavernaye, se laisser troubler par de pareils signes. Comment peut-on croire aux étoiles? — Messieurs, sondez le fond du cœur des plus grands philosophes et vous y trouverez quelquefois d'étranges faiblesses.

Ensuite, il faut savoir que, cet hiver-là, on chantait des airs italiens dans la plupart des salons de Paris. Suivant l'usage, on les chantait fort mal, par la raison que même un Milanais est ridicule quand il s'avise de vouloir faire de l'esprit à la française. Dans une soirée chez madame la comtesse de M....., mademoiselle Pauline de Lussan avait chanté un grand morceau d'opéra. Eugène s'était écrié en l'entendant : « Voilà une personne accomplie! » Il en devint amoureux ce soir même et se décida par la suite à l'épouser.

« Si, par hasard, » pensait-il, « la conversation de ma femme cesse un jour de me plaire,
eh bien ! je la prierai de chanter. » Pour un
homme superstitieux, cela n'était pas trop mal
raisonné.

Ce mariage allait donc se faire, et, suivant
l'usage, Eugène Lavernaye était malheureux
et désappointé. Mademoiselle de Lussan chantait toujours à merveille ; mais n'avait-elle
pas le cœur inconstant, frivole, en un mot,
un cœur de chanteuse ? Eugène se souvenait
d'avoir lu autrefois cette phrase dans le père
Martini :

« Une chanteuse doit aimer ses amis avant
sa fortune, son amant avant ses amis ; mais son
chant avant toutes choses au monde. »

Cependant, tout en regardant le ciel, en songeant à son étoile, à la musique italienne, à la

destinée et aux chances qu'il courait en se mariant, Eugène se sentit pris tout à coup d'un de
ces violents accès de spleen, qu'éprouvent quelquefois les hommes riches et trop prêts à saisir
le bonheur pour ne pas être complétement
malheureux.

Il avait entendu dire, à son médecin, que
l'opium, pris à forte dose, devenait un poison.
Il se fit apporter aussitôt un verre d'opium et
se préparait à l'avaler, lorsqu'il aperçut, sur
sa table, un cahier recouvert de parchemin,
semblable aux livrets d'opéras qui se vendent
encore maintenant à Naples, aux environs
des *Studj.*

Il l'ouvrit et ne trouva au frontispice que
ce mot : *Napoli.* — 1767.

Il pensait, comme certaines gens, que les
chroniques italiennes sont précieuses en ce sens
qu'elles ne fatiguent pas l'esprit, et le forcent
cependant à faire, en les lisant, deux ou trois

volumes, qu'on a le bonheur de ne pas écrire.
Placé entre un verre d'opium et un manuscrit, Eugène Lavernaye se décida pour
l'un, quitte à revenir ensuite à l'autre. Il
passa une partie de la nuit à lire le récit
suivant.

Puissiez-vous faire comme lui, cher lecteur !

## II

## LES DEUX KALENDERS.

Il y a cent ans environ, la bonne ville de Naples était ce qu'elle est aujourd'hui, une ville bien vieille, bien connue, mais bien heureuse. Dans ce temps-là, les Napolitains se rencontraient, surtout vers cette partie du port qui avoisine la place où se tient encore maintenant ( 1767 ) le marché Sainte-Lucie.

Vers les quatre heures de l'après-midi, quand le soleil commençait à se cacher derrière le Pausilippe, et que les gens du peuple songeaient à dormir la nuit pour se reposer d'avoir dormi le long du jour, les oisifs de toutes les classes, les joueurs de guitares et de mandolines, les fripons, les gentilshommes, les négociants de la strada *de Mercanti* ou *degli Orefici* se réunissaient devant les cafés en plein air, ornés de guirlandes de citrons et de branches d'oliviers, que la brise de la mer agitait agréablement aux approches de la nuit.

Le café appelé *la Sorbetteria Grande* était surtout alors en grande vogue. C'était le principal lieu de rendez-vous des étrangers, des comédiens, des amateurs de musique et des chanteurs sans engagement.

Là, régnait le fameux marchand de sorbets Zerbino, surnommé *Mala Gamba*, et que

Calsabigi a même daigné introduire dans un de ses opéras. Il fallait voir à une certaine heure ces honnêtes gens se pressant comme des guêpes autour des petites tables rondes du café, et criant à chaque minute d'un ton nasillard : « Mala Gamba ! »

Au même instant, Mala Gamba sortait du fond de sa boutique, et apportait clopin-clopant aux consommateurs un sorbet de plusieurs couleurs, proprement enveloppé d'une feuille de vigne.

La soirée était déjà fort avancée, et les théâtres des *Puppi* [1] des environs venaient même de fermer leurs portes, quand deux étrangers se placèrent à l'une des tables de la Sorbetteria Grande.

---

[1] Le traducteur n'a voulu employer que les termes italiens absolument nécessaires et qui ne pouvaient être mis en français sans perdre tout à fait leur signification. Ces termes seront, d'ailleurs, toujours si rapprochés de la langue française, que tout le monde pourra les comprendre sans le secours du vocabulaire.

Ils portaient l'un et l'autre le costume du Levant, c'est à dire une robe à manches pendantes, un bonnet d'Iman et une barbe grise. Ils se nommaient, l'un Noureddin, et l'autre Hamousseb. On les regardait à la Sorbetteria Grande, comme deux oracles, c'est à dire comme deux grands connaisseurs en fait de musique et de théâtre. Ils avaient, disait-on, quitté Smyrne, leur ville natale, pour venir habiter Naples, et se mettre ainsi à même de satisfaire leur goût dominant.

Naples était, à cette époque, une sorte de métropole musicale. Les plus grands chanteurs, les premiers maîtres, tels que Jomelli, Sacchini, Galuppi, Leo et tant d'autres, s'y trouvaient réunis. C'était à qui donnerait ses soins et toutes ses pensées à cet art divin. Dans les faubourgs, le long de la mer, on n'entendait, jour et nuit, que des gens répétant les motifs de l'opéra donné en dernier lieu. La musique était la principale affaire du peuple et des grands.

Noureddin et Hamousseb sortaient donc du Théâtre-Neuf, où ils venaient d'entendre l'opéra tout nouveau alors, *Gelosia per Gelosia*. La musique de cette pièce était tendre et passionnée, et ils en avaient senti, plus vivement que personne, tout le mérite et l'effet. Plus d'une fois, pendant le spectacle, ils avaient poussé des cris d'admiration. Leurs longues barbes étaient encore humides de larmes de plaisir.

Ils avaient surtout applaudi une jeune chanteuse appelée la *Colombella del Boccio*, qui s'était fait remarquer, pour la première fois, en chantant le principal rôle de *Gelosia per Gelosia*.

« Quel feu! quel divin accent! » s'écriait Hamousseb, en achevant un sorbet à la rose que Mala Gamba venait de lui servir; « les Napolitains sont fous vraiment de préférer à

cette jeune fille la Cotellini du Théâtre du
Roi ! »

Puis, comme Hamousseb remarqua que
ses voisins l'écoutaient, il affecta de puiser,
dans son imagination d'habitant de Smyrne,
plusieurs figures de rhétorique orientale qui
ne tendaient à rien moins qu'à égaler le chant
de la Colombella à l'éclat des saphirs et à la
beauté des roses qui décorent les jardins des
croyants.

« Enfin, » dit Noureddin, « nous avons
donc trouvé notre chanteuse, seigneur Hamousseb ; mais notre chanteur ?...

— Notre chanteur, » reprit Hamousseb en
souriant, « rassurez-vous, je le vois venir... »

A Naples, les gens se trouvent souvent amis
intimes sans s'être presque jamais vus. C'est
pourquoi les deux étrangers ne furent pas

étonnés de voir un jeune homme de bonne
mine, placé à une table voisine, venir s'asseoir
entre eux et se mêler à leur conversation.

« N'est-il pas vrai que la Colombella est
une bonne chanteuse, » s'écria le nouveau
venu dont les yeux pétillaient de tous les feux
de l'amour?... « Peut-on rendre avec plus de
force et de vérité les tourments d'une ame
jalouse, la peine et la fureur d'une femme
que son amant trahit? Cet air qu'elle chante,
au premier acte, n'exprime-t-il pas bien la langueur qui s'est emparée d'elle?... Mais, hélas!
pourquoi faut-il que cette passion ne soit que
dans les gestes et le jeu de la Colombella?
Pourquoi faut-il que le ciel, en lui donnant
cette voix si douce et si belle, ait fait d'elle
en même temps la créature la plus cruelle, la
plus volage qui ait jamais attiré sur sa tête les
malédictions d'un amant jaloux?... »

Hamousseb ne put s'empêcher de sourire

du ton singulier que le jeune homme mit à ces dernières pàroles.

« Je le vois, » dit-il en le regardant fixement, « moñ ami, vous êtes amoureux...

— Hélas! oui, seigneur étranger, et que maudits soient le jour et l'instant où cet amour m'est venu en tête... Jugez un peu si je n'ai pas le droit de me plaindre. On me nomme Angelo Bagatini; j'ai toujours été modéré dans mes désirs; aussi me serais-je volontiers contenté de l'honnête fortune que mes parents me laissèrent (cinquante ducats comptants) si ma mauvaise étoile ne m'eût fait connaître cette Colombella, lorsqu'elle n'était encore que simple élève au couvent de *Santa-Maria di Loretto*. Elle avait alors quinze ans à peine; mais quelle voix! Ah! comment vous rendre le bonheur qui me pénétra la première fois que je l'entendis!... Que vous dirai-je, seigneur? Dès cet instant, je devins éperdument

amoureux d'elle. Je jurai de ne jamais la quitter... Nous parcourûmes ensemble presque
toute l'Italie, tantôt mourant de faim, tantôt
donnant quelques concerts (car j'ai aussi
appris à chanter). Eh bien! jugez aujourd'hui
de ma peine et de ma détresse... A présent
qu'elle m'a ruiné... A présent qu'il ne me
reste pour tout bien que les cinquante carlins
que vous voyez dans cette bourse, la perfide,
la cruelle chanteuse m'abandonne!... et pour
qui? pour un certain Pandolfo Guarsetto, que
j'ai eu autrefois pour maître de chant, le plus
vieux et le plus laid de nos compositeurs de
musique; un homme qui n'a rien au monde,
absolument rien, hélas! que deux ou trois
arpents de vigne dans la Calabre, et un œil
de verre... »

Lorsqu'il eut achevé cette lamentable histoire, Angelo Bagatini essaya de répandre
quelques larmes, et baissa la tête comme pour

mieux prouver aux deux étrangers que sa
douleur n'était pas jouée.

Noureddin regarda son compagnon d'un
air d'intelligence, comme pour lui dire : « Nous
tenons notre homme... » Ensuite ils cherchèrent dans leur esprit ce qu'ils pourraient dire
à ce pauvre amant pour le consoler. Hamousseb reprit :

« Écoutez, seigneur Angelo, un vieux
poète indien a dit qu'un bon conseil n'est pas
toujours le bienvenu auprès d'un amoureux.
Nonobstant cet adage, j'oserai, moi, vous en
donner un : le meilleur parti à prendre est,
croyez-moi, de vous venger de la Colombella,
et voici comment : Rompez avec cette volage
avant qu'elle n'ait essayé de rompre tout-à-
fait avec vous. Il vous reste cinquante carlins
dans votre bourse, dites-vous; eh bien ! achetez
avec cet argent toutes les fleurs que vous trouverez à la place *della Carita*. Faites-les jeter

aux pieds de la Colombella lorsqu'elle jouera
*Gelosia per Gelosia*, pour lui prouver que
vous êtes toujours admirateur de sa belle voix...
Mais, en même temps, lancez-lui, ce jour-là,
un billet sur la scène... L'imprudente l'ou-
vrira, croyant que c'est un sonnet à sa louange
qu'on lui envoie. Bon! quelle erreur! ce papier contiendra vos reproches; vous lui ferez
savoir, sans détour, ce que vous pensez de sa
légèreté et de ses perfidies. Tandis qu'elle le
lira, vous n'en continuerez pas moins de lui
jeter des fleurs, en criant de votre place : «Vive!
vive l'excellente, l'incomparable Colombella!
Vive la première chanteuse de Naples!... »

— Ah! par saint Janvier, » interrompit
aussitôt Bagatini, en éclatant de rire, « voilà
qui est bien pensé!... Vous avez raison, seigneur étranger, oublions la Colombella, et rom-
pons avec elle... Eh! qu'importe un vain reste
de tendresse?... Je veux la revoir, et dès ce

soir, afin de lui dire en face tout ce que vous
me conseillez de lui écrire... Venez, venez,
de grâce! seigneur étranger; vous allez voir
comment sait se venger un brave tel que moi,
qui a failli être soldat jadis, et porte même
encore aujourd'hui une épée au côté!...

III.

## LE PHARAON.

Le pharaon était fort à la mode à Naples,
il y a cent ans. Tous les soirs, après les spec-
tacles, les nobles, les étrangers, surtout les
cantatrices en vogue, témoin la Baratti, qui
perdit, dans une seule nuit, près de deux mille
sequins, jouaient jusqu'au jour, soit au palais

Carpigliano, soit au palais Giorgitano, ou bien encore dans un de ces *réduits* qui communiquaient avec les loges du Théâtre du Roi.

En quittant la Sorbetteria Grande, avec ses deux mystérieux compagnons, Angelo Bagatini courut à l'un de ces réduits, non pas pour y jouer, grand Dieu ! sa bourse était trop plate pour cela ! mais pour y trouver la Colombella, qui ne manquait guère une partie de pharaon, bien qu'elle ne fût encore que chanteuse de second ordre du très pauvre et très-chétif Théâtre-Neuf.

Lorsque Angelo entra, la Colombella avait déjà joué et perdu les cinquante carlins que Francesco Babeo, directeur du Théâtre-Neuf, lui avait remis le matin, pour ses appointements du mois dernier. Elle courut aussitôt à la rencontre d'Angelo, et, lui posant familièrement la main sur l'épaule, elle lui dit, d'un ton caressant :

« Ah! mon cher Angelo, mon meilleur ami, combien je t'aime aujourd'hui !... Prête-moi, je te prie, cinq carlins; cinq carlins seulement, que je te rendrai quand j'aurai regagné ceux que le sort vient de m'enlever, en quelques coups, d'une façon si cruelle. »

Angelo n'était point d'une humeur vindicative; aussi avait-il déjà presque oublié les projets de vengeance qui l'avaient attiré près de la Colombella. Ensuite il avait de grands défauts, mais non pas celui de l'avarice; peut-être parce qu'il n'avait jamais eu l'occasion de le pratiquer. Cependant, lorsqu'il entendit parler d'argent, il sentit tout-à-coup se réveiller en lui-même le souvenir de l'ingratitude et des infidélités de la jeune chanteuse. Il commença par refuser nettement l'argent qu'elle lui demandait.

« Eh! quoi, » reprit la Colombella d'un ton boudeur; « cinq carlins! est-ce donc

une si grosse somme? Ah! mon cher bien-
aimé , je suis bien sûre que ton argent
me porterait bonheur... Allons, cède ; la
chance va tourner, et nous partagerons notre
gain! »

Angelo fit encore quelque résistance :
« Mais, se dit-il, puisqu'on peut perdre, on
peut aussi gagner; » il céda. La Colombella,
toute triomphante, alla jouer et perdit encore une fois.

Elle revint quelques instants après :

« Idole de mon cœur! ah! je jure bien de
ne plus désormais te rien demander! Je te dé-
fends même d'avance de m'ouvrir ta bourse...
Mais donne-moi cinq carlins encore?... Ce
seront les derniers... »

Cette fois, Angelo fit un peu moins de résistance. Il avait réservé cet argent pour acheter
un équipement et s'engager dans l'armée du
roi (dans ce temps-là on s'équipait à peu de

frais ); mais, à présent que la somme était en-
tamée, il fallait bien la regagner.

La Colombella joua et perdit une troisième
fois.

« Mais aussi, » s'écria-t-elle, « que peut-
on faire avec cinq carlins? C'est trop peu
pour lutter contre une mauvaise veine. Il
m'en faut dix... Ange de ma vie, me les refu-
seras-tu? »

Elle fit un signe de croix avant de jouer,
et les dix carlins allèrent rejoindre les autres.

« Ah! pour le coup, c'est trop fort, c'est
jouer de malheur, » reprit-elle; « le sort est
vraiment bien acharné contre moi cette nuit !...
Mais toi, Angelino, tu as toujours été heureux
les cartes à la main... Si tu jouais toi-même
l'argent qui te reste, je suis sûre que nous
gagnerions... »

Il existe un axiome de joueur qui dit qu'une
mauvaise veine ne se redresse jamais dans une

même séance. Les deux amants l'éprouvèrent.
Les trente derniers carlins d'Angelo ne furent
pas plus heureux que les autres.

Une seule chose le piqua : c'est qu'il remarqua que ses deux compagnons, Hamousseb
et Noureddin, n'avaient pas cessé de jouer
contre lui et de gagner, tandis que le pharaon
venait de tout lui enlever, jusqu'à son dernier
*grain*.

Les deux amants se sentirent d'abord un
peu troublés de se voir maintenant plus pau-
vres l'un et l'autre que le dernier des men-
diants; mais ils se consolèrent en pensant que,
si le pharaon les avait ruinés, il les avait en
même temps réconciliés, et « l'amour com-
plet, dit Conti, vaut mieux encore qu'une
demi-pauvreté.»

« Viens dans mes bras, » s'écria la Colombella, « viens, mon cœur, et ne nous quittons plus...

— Oui, viens dans mes bras, » s'écria Angelo; puis il ajouta en lui-même : « Jusqu'au
moment où je pourrai trouver une autre
amante que toi, maudite chanteuse!... »

✤✤✤✤✤✤✤✤✤✤✤✤✤✤✤✤✤✤✤✤✤✤✤✤✤✤✤✤✤✤

# IV.

## LA FRACISCHINA.

La Colombella était sincère, lorsqu'en se séparant d'Angelo, elle jurait de n'aimer désormais que lui, en invoquant *les astres, le soleil, les étoiles,* et lorsqu'elle s'écriait : « Viens dans mes bras, idole, et désormais ne nous séparons plus. »

4

Dans le mois de juin cependant, c'est-à-dire un mois après cette promesse, elle n'en devint pas moins la femme du vieux Pandolfo Guarsetto, honnête homme qui remplissait l'emploi de chanteur au Théâtre-Neuf, et composait de plus la musique des opéras qu'on y représentait de temps à autre.

Il faut savoir que Guarsetto était l'ami intime de Babeo, entrepreneur du théâtre. Il lui servait de flambeau, de guide, et formait à lui seul son conseil privé.

Or, depuis un certain temps, si l'on en croyait Babeo, le Théâtre-Neuf était loin de prospérer. Il était pauvre et devait songer à diminuer ses frais. Il était donc à craindre que la Colombella, qui n'avait brillé encore que dans une seule pièce (Gelosia per Gelosia), fût évincée de la troupe de Babeo après la saison prochaine. Or, si cela arrivait, comment trouver un autre théâtre? Dans ce temps-là, les

chanteuses n'avaient pas plusieurs engage-
ments à la fois, comme elles en ont aujour-
d'hui.

Ensuite, la Colombella, bien qu'entièrement libre de ses actions, en apparence, était
cependant asservie à une autre volonté que la
sienne. Elle vivait sous le joug de la dame
Giubbone, sa tante, qui parvenait, à force de
prudence et de rigidité, à établir une apparence
d'ordre dans les deux petites chambres occu-
pées par elle et sa nièce, à l'extrémité d'un
*vico* voisin de la rue de Tolède.

Sans les soins de cette bonne tante, si alerte,
si active, est-ce que jamais la jeune chanteuse,
qui n'avait guère plus de cervelle qu'un oiseau,
eût jamais songé à se rendre au théâtre à l'heure
dite? Eût-elle jamais trouvé sous sa main, au
moment de paraître sur la scène, un seul de ses
costumes, son rouge ou sa collerette? La Giubbone veillait à tout, prévoyait tout, et n'exi-

geait en retour, de sa nièce, qu'une obéissance passive et une entière soumission à ses ordres.

Maintenant, cependant, comment peindrons-nous les deux rayons de surprise et de fureur qui s'échappèrent des prunelles de la Giubbone, lorsqu'en rentrant au logis, au point du jour, la Colombella lui déclara, d'un air contrit, qu'elle venait de jouer et de perdre les quarante carlins que lui avait remis la veille le seigneur Babeo?

La sibylle de Cumes, rendant un oracle, donnerait seule une idée de l'attitude prophétique que prit alors la dame Giubbone. Elle resta pendant quelques instants suffoquée, ébahie, la bouche béante, frappant du pied avec indignation. Enfin le ciel lui rendit l'usage de la parole; mais elle ne s'en servit que pour accabler sa nièce de toutes les injures en usage chez les gens du bas-peuple à Naples.

« Après tant de justes réprimandes, tant d'ar-

gent englouti déjà dans la gueule du pharaon,
tant de promesses faites solennellement devant
saint Janvier, le Christ et toutes les madones
de Naples, de ne plus s'exposer à l'avenir aux
chances infernales du jeu, perdre en une
seule nuit l'unique ressource du ménage,
coquine, friponne, éhontée, impudente!...»

La Giubbone serrait les poings, grinçait
des dents, et sentait encore augmenter son
indignation en pensant que le seigneur Angelo était maintenant pauvre et ruiné comme
elles. Le plus fidèle et le plus dévoué des
amants ne pouvait donc plus désormais venir
au secours d'un ménage toujours aux expé-
dients.

Enfin, comme il faut que tout ait un terme
ici-bas, même la plus juste fureur, la voix
irritée de la Giubbone finit par baisser gra-
duellement, comme les cordes d'un violon
criard que la chaleur force à se détendre. Elle

se décida à s'apaiser et déclara qu'elle allait
essayer encore une fois d'attendrir les marchands du voisinage et de les payer en belles
promesses ; mais à condition que sa nièce
n'hésiterait plus à devenir la femme du professeur Pandolfo Guarsetto, brave homme, qui
l'aimait et n'avait d'autre malheur que celui
d'être borgne ; disgrâce bien légère, qu'effa-
ceraient promptement les avantages d'un ménage d'ailleurs si bien assorti.

La Colombella fut heureuse d'en être quitte
à si bon compte. Sa tante paraissait très-
enflammée, et il était à craindre qu'elle ne fît
bientôt succéder les coups aux injures, appré-
hension bien naturelle pour quiconque connaissait à fond les manières et le caractère
irascible de la dame Giubbone.

Heureusement, il n'en fut rien. La nièce
consentit à tout ce que la tante voulut ;
ce qui fit que, peu de jours après, elle

reçut l'anneau nuptial , des mains du seigneur Guarsetto , à la chapelle de San-
Severo.

## V.

### ANGELO.

« Oh ciel ! Dieu tout‑puissant ! sainte
Vierge ! saints apôtres ! » s'écriait, d'un ton
lamentable, un jeune homme assis à une des
tables de la Sorbetteria Grande. « Qu'ai‑je
fait, pauvre infortuné, pour me sentir ainsi
accablé de tant de maux à la fois ? Perdre

celle que j'aime! la voir mariée à un autre!
et, de plus, me trouver sans argent, sans
asile, et personne, hélas! autour de moi, personne qui daigne seulement compatir à mes
peines!... »

Ce jeune homme, qui se lamentait ainsi,
n'était autre qu'Angelo Bagatini, qui n'avait
appris que de ce jour-là le mariage de la Colombella avec Pandolfo Guarsetto.

Depuis la nuit où il avait perdu tout son
argent au jeu, Angelo avait vécu, comme de
coutume, à l'auberge du *Pigeon d'or;* mais
la dame Babaccio, son hôtesse, ayant découvert que sa bourse était maintenant à sec,
parlait déjà de ne plus lui faire crédit.

L'abandon de la Colombella, la perspective
de se voir incessamment sans gîte et sans ressources, toutes ces idées se précipitaient à la
fois vers son cerveau et le jetaient dans un état
de désespoir qu'augmentait encore le triste

spectacle de ses habits en lambeaux et de ses bas troués. En vain les deux étrangers, Hamousseb et Noureddin, essayèrent-ils de lui adresser quelques mots de consolation, il ne les écouta même pas.

Quelques contemporains assurent même que, ce jour-là, Zerbino Mala Gamba, affligé de voir dans la peine le plus gai et le plus gracieux de ses habitués, par suite d'une maladie si commune à Naples, qu'on appelle « le manque d'argent, » s'approcha d'Angelo pour lui dire, tout bas, qu'il y aurait toujours pour lui un sorbet gratuit à la Sorbetteria Grande. On dit même qu'à partir de ce jour, Zerbino perdit la réputation d'avarice qu'il s'était faite et qu'il méritait bien. (Demandez au poète contemporain Marcioli.)

Angelo serra tendrement la main du cafetier et sourit du mieux qu'il lui fut possible, pour le remercier de ses consolations et de son sor-

bet; puis il baissa la tête et resta abìmé dans
sa peine.

Bientôt pourtant sa douleur devint si forte
qu'il n'y tint plus. Il dit adieu, en lui-même,
au ciel, à la mer, au Pausilippe, au monde entier, et surtout à la plus ingrate des femmes,
à la Colombella; puis, tirant de sa gaîne une
épée de bois, qu'il portait habituellement à
sa ceinture pour jouer des scènes burlesques
et divertir ses amis, il allait essayer de s'en
percer le cœur, quand le hasard amena devant la Sorbetteria Grande un de ses meilleurs
et de ses plus fidèles amis, l'illustre, le brillant
Casaccia.

Casaccia! A ce nom, si justement vanté dans
l'histoire des théâtres de Naples, comment ne
pas se sentir à la fois pénétré d'admiration et
pris d'une folle envie de rire? Rendons hom-
mage à la mémoire du plus amusant acteur,
du plus grand bouffe qu'ait jamais eu peut-

être le Théâtre-Neuf, et, par conséquent, l'univers entier !

Une certaine conformité d'humeur et de goûts unissait le grand Casaccia et l'aimable Bagatini. Or, pour faire tomber l'épée des mains de son ami, Casaccia n'eût qu'à lui crier, du plus loin qu'il l'aperçut, de sa voix de trompette d'étain (Marcello), qui excitait chaque soir le rire des habitués du Théâtre-Neuf :

« Eh ! grand Dieu ! Angelino, que fais-tu là, mon ami ? Est-ce sérieusement que tu veux ainsi te percer le cœur ?... Il me semble vraiment voir le seigneur Erbaggio des Burlette qui cherche à se fendre l'estomac pour se débarrasser d'un plat de *stellette* qui l'étouffe.

— Ah ! laisse-moi, laisse-moi mourir, » reprit aussitôt Bagatini d'un air tragique, et en reprenant son épée que Casaccia lui avait ar-

rachée des mains. « Tu sais combien j'ai aimé
la Colombella; l'insensible créature!... N'ai-
je pas toujours été pour elle le plus sensible
des amants? Eh bien! l'ingrate prend aujour-
d'hui pour mari ce hibou de Guarsetto... Ensuite, regarde : mes bas sont troués, mes
habits sont percés de tous les côtés, et ne valent guère mieux que la toile de fond du théâtre des *Puppi.* Ah! quand on est assiégé de
tant de maux à la fois, dis-moi, mon ami, s'il
n'est pas permis de tomber dans le désespoir
et de tourner la pointe d'une épée vers son estomac?...

— Halte là! » s'écria Casaccia, « je ne te
permettrai de te désespérer que lorsque tu
auras d'abord battu la mesure de cette danse-
là... »

En même temps, l'aimable bouffe, pour
égayer son ami, exécuta cette danse si diver-
tissante, inventée par lui dans la *Donna del*

*villaggio*, et qui est encore connue aujour-
d'hui dans le royaume de Naples, sous le
nom de *la Casaccina* [1]. Cependant Casaccia,
s'apercevant que sa danse, ni ses discours
ne dissipaient la tristesse d'Angelo, reprit :

« Écoute, Angelino, et attends encore un
instant, avant de te laisser prendre par ce mal
sans remède qu'on appelle le désespoir. Je
t'offre, si tu le veux, un moyen infaillible de
réparer en même temps les brèches de ta
bourse, les cicatrices de tes bas et les blessures
de ton cœur... Madelino, le ténor du Théâtre-
Neuf, est malade en ce moment ; propose-toi
à Babeo pour le remplacer... Si tu es applaudi, Babeo te conservera avec le paiement
de chanteur en chef; c'est-à-dire à soixante
carlins par mois. De plus, tu seras le *héros* de
la Colombella, et tu pourras lui parler tous
les soirs des feux et des flammes de ton amour,

[1] *Voyez* Arteaga, Mancini, etc.

à la barbe de son vieux mari, don Procolo
Pandolfo Guarsetto...

— Plaisantes-tu?, mon pauvre Casaccia, »
reprit alors Bagatini ; « qui, moi! j'irais
me montrer sur un théâtre, et risquer de
me voir donner la bastonnade en sortant,
par les spectateurs, à l'exemple de cet âne
de Cocodrillo; qui voulut un jour devenir
chanteur, de marchand de poissons qu'il
était... Oh! non pas, « mieux vaut encore, »
comme dit Pasquin, « la disette que les coups
de bâton! » Je me crois trop ignorant pour
oser chanter sur le Théâtre-Neuf, à côté de
Coviello, de l'excellent Cognarino, à côté de
toi surtout, cher Casaccia, ô toi, le plus diver-
tissant et le plus parfait des acteurs !

— Eh! par saint Janvier, » reprit Casaccia, en parodiant les vers d'une comédie alors
en vogue aux Florentins, « ta voix est un
ruisseau qui roule sur des fleurs; ton chant

est un sentier orné par la main du printemps.
Allons, allons, chante, que je puisse juger
moi-même si tu mérites d'être présenté à
Babeo par moi, digne, honorable, et vaillant
capitaine Casiaccia-Nanenino [1]... »

En parlant ainsi, Casaccia prit une guitare au long manche, qu'il portait suspendue
à son cou, suivant l'usage des chanteurs de
ce temps-là. Il préluda, et se disposa à accompagner son ami.

Angelo commença l'air fameux du grand
Leo «. *Misero Pargoletto*... » A chaque mesure, Casaccia sautillait et s'écriait avec son
accent burlesque : « Bravo, bravo, Angelo,
cinq carlins de plus pour cette note..., dix
pour cette autre..., quinze pour ce passage...,
vingt pour ce trait!... »

Il continua ainsi toujours, en doublant la
somme jusqu'à ce que l'air d'Angelo fût

[1] Imité de Calsabigi.

achevé. Alors il s'écria « que Babeo ne pouvait manquer d'engager un si grand virtuose. »

Grâce aux discours de son ami, Angelo oublia tout-à-fait ses chagrins. Son chant et les bouffonneries de Casaccia avaient rassemblé, devant la Sorbetteria Grande, plusieurs gens du peuple, couchés à quelques pas de là, et des marchands de poissons qui revenaient de la baie du Pausilippe.

Les jeunes filles qui les accompagnaient se mirent à frapper vigoureusement sur leurs tambourins. Les uns entonnèrent des chants de la Calabre, les autres jetèrent leurs bonnets rouges en l'air, et les danses commencèrent devant la Sorbetteria Grande. Casaccia se mêla à ces groupes, en jouant de la guitare; ses gestes et ses bons mots produisirent un effet piquant au milieu des autres danseurs.

Angelo aimait la danse avec fureur, mais il se demanda s'il devait s'y livrer, lui qui, peu d'instants auparavant, parlait de s'enfoncer son épée dans le cœur. Il se souvint aussi qu'il avait fait un vœu; il avait juré devant saint Janvier de ne plus danser.

Mais, alors, Bagatini n'avait point encore cette vanité qui devait le perdre plus tard; libre et indifférent, il oubliait ses vœux, comme des chansons, et faisait, avant tout, ce qui lui plaisait. Aussi se leva-t-il au bout de quelques instants; puis, renfonçant entièrement son épée dans la gaîne, il prit la main de Casaccia et se mit à danser.

# VI.

## LA TARENTELLE.

Dans toute autre circonstance et sans la maladie de son premier ténor Madelino, l'entrepreneur Babeo eût sans doute opposé de grandes difficultés à l'admission d'un nouveau chanteur dans sa troupe; mais, dans l'embarras où il était, il se montra un peu plus traitable

et se contenta de prouver à Angelo qu'attendu l'état de pauvreté du théâtre, les frais
énormes qui pesaient sur l'entreprise, il devait
se trouver satisfait de cinquante carlins par
mois. Encore fut-il bien stipulé que cet engagement deviendrait nul, de plein droit, si les
spectateurs du Théâtre-Neuf ne faisaient pas
bon accueil au nouveau chanteur.

Le dénuement où se trouvait Angelo fit
qu'il en passa par tout ce que voulut Babeo.
Une connaissance parfaite de la musique qu'il
avait étudiée, dès l'enfance, sous les meilleurs
maîtres au couvent de la Pieta, le rassurait
par moments sur l'opinion que les connaisseurs prendraient de lui; mais, dans d'autres
aussi, il tremblait en pensant au jour où il
s'avancerait sur la scène pour être jugé à son
tour, lui qui s'était montré si souvent juge ri-
gide et implacable à l'égard des autres chanteurs.

Cependant, dès que son contrat fut passé
avec Babeo, il n'eut qu'à s'applaudir d'avoir
quitté l'état de simple oisif de la Sorbetteria
Grande pour celui de chanteur de profession.
En effet, du jour où la misère l'avait accablé,
il avait vu, comme c'est l'ordinaire, tout le
monde s'éloigner de lui; ses amis eux-mêmes
l'évitaient. On eût dit, les ingrats! qu'ils re-
doutaient, de sa part, quelque emprunt d'argent. Il ne trouvait plus sur son passage que
des indifférents, ou des visages tristes et froids.
Mais, depuis son engagement au contraire,
quel changement! chacun lui souriait et lui
tendait la main : « Tu seras le favori du public, » lui disait-on de tous côtés. Ce n'était
plus cet Angelo Bagatini, pauvre hère, sans
argent, sans asile, amant désespéré de la Colombella ; c'était maintenant *Bagatini le
Chanteur*. L'hôtesse du *Pigeon d'Or* n'hésita plus à lui faire crédit. Un Juif, qui lui

avait autrefois prêté quelques ducats, alla même
jusqu'à le saluer sur la place del Castello.

Hamousseb et Noureddin, ces deux levantins, qu'Angelo retrouvait sans cesse à ses
côtés, ne furent pas les derniers à le féliciter
de le voir attaché à la troupe du Théâtre-Neuf;
ils lui donnèrent quelques bons conseils ins-
pirés par le meilleur sentiment et le goût le
plus vif de la musique, dont il résolut de profiter.

L'un d'eux, Hamousseb, lui remit même
une bague qu'il lui recommanda de mettre à
son doigt le jour où il chanterait en public
pour la première fois. Angelo prit la bague;
mais il se promit de ne la porter que dans le
cas où le public l'applaudirait. « Je ne veux
pas, se dit-il, paraître usurper d'avance les
marques distinctives du virtuose en faveur. »

— Eh quoi! tendre ami, » lui dit un soir,
dans les coulisses du Théâtre-Neuf, le pro-

fesseur Pandolfo Guarsetto, « tu sembles me
voir avec déplaisir, parce que j'ai épousé la
Colombella, ton ancienne bien-aimée?... Eh!
Dieu de bonté! dis-moi, qu'auriez-vous fait
tous deux, toi chanteur novice encore et inex-
périmenté; et elle, simple écolière qui me
donne plus de peine à lui trouver sans cesse de
nouveaux fioretti que ne m'a coûté la composition de mes meilleurs opéras? »

Angelo, pour prouver à Pandolfo qu'il ne lui
restait point dans le cœur de haine, s'empressa
de lui tendre la main avec franchise, en l'ap-
pelant son seul ami. Il avait également par-
donné de bon cœur à la Colombella. D'ailleurs, celle-ci, par suite de cette légèreté naturelle aux femmes de théâtre, s'était mise
à l'aimer passionnément depuis qu'elle le
croyait destiné à briller sur la scène à ses
côtés. Elle prenait d'avance un grand intérêt
au début de son cher Angelino au Théâtre-

Neuf. Pour l'exercer, elle se résignait à répéter du matin au soir les duetti les plus vifs
et les plus expressifs. L'amour avait enfin
triomphé de sa légèreté.

Chose incroyable pour les gens qui n'ont
pas présentes à l'esprit les mœurs de ce temps-
là ! le professeur Pandolfo partageait volontiers l'amour et le cœur de sa femme avec le
jeune chanteur. Pandolfo avait une de ces
figures épanouies, rubicondes, qui inspirent
la joie, un nez chargé de rubis, en forme de
grappe de raisin, un ventre en tonneau ; tout
cela n'était guère fait pour donner de l'amour;
mais, bien que jaloux à l'excès, le professeur
Pandolfo savait aussi, par expérience, qu'une
Napolitaine ne chante jamais mieux que lorsqu'elle éprouve un certain goût pour le chanteur qui lui sert de *héros*. Or, chez lui, l'honneur conjugal ne venait qu'après la musique.

« Quelles ressources, » disait-il parfois,

« m'offriront ces deux jeunes amoureux, lorsque j'écrirai pour eux mon opéra « *gli Amanti
attraversati !* » Ah!, nous verrons alors, seigneur Marmocchini, s'il est vrai que Pandolfo
ne soit qu'un âne et bon seulement à remplir
l'emploi subalterne de claveniste!... »

Ici, Guarsetto fut interrompu par la voix
d'un homme qui lui cria du fond du théâtre :

« Venez, venez, seigneur Pandolfo, le directeur vous cherche...

— C'est bon, » dit Guarsetto en remettant
sa perruque en équilibre sur une de ses oreilles, « j'y vais, mais, en vérité, notre ami
Babeo paraît aujourd'hui bien pressé... »

Comme il traversait le théâtre pour se rendre près du directeur, un homme déguenillé
et couvert d'un mauvais manteau de roi de
théâtre lui remit, d'un air humble, un papier
que Guarsetto reçut avec une sorte de majesté
comique.

Que pouvait contenir ce papier remis par ce
pauvre acteur à l'excellent professeur? Quelle
était cette affaire pressante qui attirait Guar-
sétto près du directeur? — C'est ce que nous
dira sans doute le chapitre suivant.

## VII.

### PANDOLFO.

« Guarsetto, » dit Arteaga, « n'était pas un compositeur de premier ordre ; mais personne n'était plus habile que lui à faire valoir le talent et les ressources naturelles des chanteurs. Pour les petits duos et les airs de bravoure, c'était un musicien sans pareil. » Ba-

gatini eût donc bien voulu que son ami Guarsetto eût eu la tâche de composer l'opéra où
il devait débuter; mais le sort et Babeo en
décidèrent autrement.

L'entrepreneur déclara que, pour un nouveau chanteur qui allait peut-être se voir mal
reçu du public, il ne convenait pas d'employer
un des meilleurs compositeurs attachés à son
théâtre; il préféra recourir à un musicien inconnu encore, et qu'il aurait l'avantage de
payer moitié moins cher qu'un autre.  •

Il y eut, à ce propos, un conflit singulier,
qui montre bien à quel degré était portée la
fièvre musicale de ce temps-là. On vit un jour
deux hommes, les yeux incandescents, la
face animée, se précipiter à la fois dans la
chambre de Babeo. Ils réclamaient, l'un et
l'autre, le droit d'écrire le petit opéra que la
direction du Théâtre-Neuf avait coutume d'offrir pendant l'été à ses habitués.

Rien n'égalait l'acharnement de ces deux
rivaux. On les eût pris pour deux fous, ou
mieux pour deux diables. Quel feu, quelle
vivacité ils mettaient dans leurs gestes et leurs
discours! On eût dit vraiment, à les ouïr, qu'il
s'agissait de composer au moins une messe
pour la grande fête de saint Janvier!

Chacun défendait ses droits par des raisons tout opposées à la musique, et comme il
l'entendait.

Le premier, Carponi, invoquait des cam-
pagnes qu'il n'avait jamais faites. « Son
aïeul, » disait-il, « s'était battu bravement
contre les bandits de la Calabre, dans l'armée
du très-saint et très-révéré cardinal Pascal
d'Arragon. Lui-même avait servi dans les
troupes du roi Philippe. Il était prêt, s'il le
fallait, à montrer au seigneur Babeo plusieurs cicatrices tout-à-fait dignes de compassion. »

Le second, Ortolani, rappelait au contraire
« sa piété, son exactitude à fréquenter les
églises et à dire ses prières. » En même temps
il déroulait plusieurs papiers « à lui remis, »
disait-il, « par le chanoine supérieur du couvent de *Santo Jannaro al cimitèro,* où il avait
servi pendant plus d'un an, en qualité de
sonneur de cloches. »

Babeo, qui se plaisait souvent à se divertir
aux dépens des musiciens qu'il employait,
mit d'accord ces deux grands maîtres en donnant la musique du nouvel opéra à composer
au charmant et modeste Nicoletto, qui n'a-
vait, jusqu'à ce jour, encore produit que
quelques ariettes sans importance.

A peine cette résolution fut-elle prise,
qu'on entendit, sous les fenêtres du théâtre,
deux femmes, ou plutôt deux furies, crier
d'une voix lamentable : « Ah! pauvre Babeo,
qu'as-tu fait en refusant d'employer le brave

Carponi ou l'habile Ortolani, les deux premiers musiciens de Naples? Ils auraient attiré, pendant toute la saison, la foule à ton
théâtre. Ignorant, c'est ta fortune que tu viens
de manquer... »

Babeo se mit à la fenêtre et reconnut les
deux femmes de Carponi et d'Ortolani. Sans
ténir compte de ces criailleries, il ferma les
yeux à demi, regarda d'un air significatif
Guarsetto, qui ne devinait jamais les ruses
de son ami le directeur; puis, il tira de
son armoire un cahier tout couvert de poussière et de toiles d'araignées : c'était le magnifique poème appelé *la Sposa fedele* ; titre
tout-à-fait nouveau, qui n'avait encore servi
qu'à cinquante ou soixante opéras répandus
sur les différentes scènes de l'Italie.

*La Sposa fedele* fut solennellement remise
au jeune professeur Nicoletto. Babeo lui recommanda surtout de ne s'écarter en rien des

règles du vrai goût, de la science et des grands
principes du chant révérés à Naples. Il termina sa harangue en déclarant que la musique de *la Sposa fedele* devait être prête
avant dix jours. Dix jours, hélas! quand deux
mois suffiraient à peine pour une pareille
tâche !

Nicoletto rentra chez lui ivre de joie : il
commença par faire plusieurs fois, en courant,
le tour de sa chambre ; puis il se plaça au clavecin et chanta les principaux motifs des
airs qu'il comptait mettre dans *la Sposa fedele;* il les répéta le soir même, à demi-voix,
à Pandolfo Guarsetto qu'il rencontra à la
Sorbetteria Grande.

Pandolfo parut satisfait, et voulut bien se
départir de sa dignité ordinaire pour donner
à Nicoletto quelques bons conseils qui l'en-
couragèrent. Cela fit que ce jeune homme

donna à cette pièce plus de soins qu'on n'en met ordinairement aux opéras d'été.

« Tendre ami, » s'écriait à tous moments le vif et passionné Bagatini, « va, tu es bien digne de toute ma tendresse ! Chants du cœur que le ciel seul a dictés ! douces images de bonheur et de joie que tes airs rappèlent ! Oh ! mon cher Nicoletto ! pourrais-je jamais rendre avec ma pauvre voix les sentiments que ta sublime musique a su si bien exprimer ?... »

# VIII.

## ÉPISODE DE ROSALBA.

Notre héros, atteint tout-à-coup de la passion de la gloire et des succès de théâtre, passa, jusqu'à son début, toutes ses journées enfermé avec le compositeur Nicoletto, répétant avec lui chaque phrase de son rôle, ajoutant sans cesse aux intentions du musicien les

traits et les ornements que lui suggérait la
fécondité de son propre génie. Rentré chez
lui, il s'étudiait encore à former des sons, à
lier ensemble chaque phrase de son chant.
La plus grande partie de son temps se passait
à exécuter des points d'orgue, des appoggia-
tures, des *fioretti* de tous les genres.

Mais lorsque sa voix venait, par hasard, à
s'égarer ou à se montrer rebelle aux traits que
sa brillante imagination lui suggérait, alors il
ne pouvait contenir son dépit; il s'emportait
contre lui-même, contre son destin, et surtout contre ce maudit Nicoletto, qui avait hé-
rissé la partie du ténor de tant de difficultés
insurmontables.

Un jour, dans son désespoir, l'infortuné
chanteur se mit à frapper à coups redoublés
sur les touches de son clavecin. Il croyait voir
déjà le parterre du Théâtre-Neuf soulevé con-

tre lui et prêt à le couvrir de huées et de
malédictions.

Ce fut au milieu d'un de ces accès de fureur qu'il vit entrer un jour, dans la petite
chambre qu'il occupait au dernier étage de
l'auberge du *Pigeon d'Or*, une certaine Rosalba, sa plus ancienne bien-aimée, créature
un peu vieille, mais pleine de bonté, qui lui
fut d'un grand secours, tant qu'il fut question
d'apprendre son rôle de *Lindoro* de *la Sposa
fedele*.

Rosalba chantait aussi, mais comme simple
choriste, au théâtre Saint-Charles. Une excessive timidité ne lui avait jamais permis de
s'élever au dessus de ce modeste emploi ; ce
qui n'empêchait pas qu'elle ne fût, au fond,
excellente chanteuse. Elle aimait passionnément Angelo, et ne manquait pas, chaque
fois qu'on la payait, d'apporter à son volage
et infidèle amant un jabot ou des dentelles.

La voix douce et flexible de ce jeune homme
l'avait séduite. Elle se mit à l'accompagner
au clavecin avec une complaisance sans égale;
se prêtant à tous les caprices d'un chanteur
naturellement fantasque, ayant grand soin
cependant de le reprendre lorsqu'il s'égarait
trop loin du naturel et du goût du vrai chant
italien.

« Ah! » s'écriait par moments Angelo, en
joignant les mains, « Rosalba, ma douce et
tendre amie, si je pouvais déchirer le contrat
qui me lie avec Babeo, je le ferais à l'instant
même!... Je le sens d'avance : les forces me
manqueront quand il faudra chanter sur ce
maudit théâtre... Je me verrai chassé, bafoué,
ou bien je serai mort de frayeur avant d'avoir
fait ma première révérence au public... »

Rosalba, qui traitait Angelo un peu comme
un enfant, le pressait alors contre son sein
et l'y berçait sans lui répondre; elle le rassu-

rait et cherchait à relever son courage ainsi
que tous ceux qui connaissaient Bagatini, car
il était alors aimé de tout le monde à Naples ;
son cœur était si bon, et sa physionomie si
franche et si agréable !

Cependant, avant de suivre Angelo Bagatini sur la scène du Théâtre-Neuf où il va se
montrer, nous ferons connaître en peu de
mots, à nos lecteurs, ce que fut ce chanteur,
suivant les historiens du temps.

« La voix du Napolitain Bagatini, » dit
Martini, « n'était pas ce qu'on peut appeler
une voix grande et belle ; elle était plutôt
*affectueuse* et *animée*, remuant le cœur par
des effets souvent fort simples et peu com-
pliqués. On reprochait généralement à ce
chanteur de manquer un peu de poitrine ; ce
qui tenait sans doute à son extrême jeunesse. »

« Bagatini, » dit Tosi, « brillait particulièrement dans l'agilité. Pouvait-il en être autrement, ayant été, dès l'enfance, un des meilleurs écoliers de l'immortel Nicolo Porpora? »

« Bagatini, » dit Marcello, « éblouissait surtout par sa facilité à aborder sans crainte les traits les plus difficiles, ces agréments appelés *volatine*, des sauts de gosier extraordinaires , et principalement le *martellé*, ce trait surprenant , qui n'existe presque plus aujourd'hui, et que notre vaillant Fontana semble avoir emporté dans la tombe. »

Malgré ces avantages , auxquels il faut encore ajouter un *trille* d'une perfection incroyable, et, comme on disait, dans ce temps-là, *battutto, granito, radoppiato*, notre héros s'effrayait, non sans raison, de l'idée de paraître sur un théâtre. En effet, ces qualités brillantes, d'autres que lui les possédaient

aussi. Il y avait tant d'incomparables virtuoses alors en Italie! Il n'était pas rare de rencontrer le goût d'un connaisseur de musique,
ou même l'étoffe d'un bon chanteur sous l'habit d'un homme du peuple.

Angelo n'avait pas encore osé annoncer à
son ancien maître Porpora sa prochaine apparition sur le Théâtre-Neuf; il redoutait les
sarcasmes, ou les justes reproches du célèbre
professeur, qui tenait autant à la renommée de
ses élèves qu'à la sienne propre.

La veille de son début, cependant, cédant
aux avis de Guarsetto, il se décida à aller frapper à sa porte, pour lui demander quelques
uns de ces précieux conseils qui lui seraient
d'un si grand profit pour le lendemain. Mais
il apprit que Porpora avait quitté Naples,
depuis plusieurs jours, avec son élève, la
Mingotti.

Angelo alla trouver aussitôt un autre de

ses maîtres, nommé Cesarotti, presque aussi
habile, quoique moins renommé que Nicolo
Porpora.

Cesarotti, après de longs discours sur le
faux-goût de l'époque et l'oubli des règles
qu'on remarquait chez la plupart des compositeurs à la mode, donna à Angelo quelques
préceptes dont nous ne citerons que les principaux :

« Chante avec ton ame, mon fils, bien
plus qu'avec ton gosier.

—

» Souviens-toi qu'un vrai chanteur doit
toujours manquer un peu de raison.

—

» Ne cherche jamais à faire rire les spec-

tateurs ; le chanteur qui fait rire se fait difficilement admirer.

—

» Étudie-toi à *négliger* parfois le récitatif.

—

» Pour que ton chant paraisse toujours
*coloré*, tâche qu'il en reste une certaine partie
dans l'ombre.

—

» Quand tu commenceras un *cantabile*,
sois timide d'abord, puis tendre, et enfin pathétique.

—

» Pense à l'amour quand tu diras l'*a-
dagio*.

—

» Si, par hasard, la respiration vient à te manquer au milieu d'un morceau, souris pour que le public ne remarque pas ton embarras.

—

» Ne sois jamais bizarre, mais tâche plutôt d'être taxé de bizarrerie que de froideur.

—

» Quand tu voudras orner tes airs de quelques traits nouveaux, ne pense jamais à tes solféges.

—

» N'emprunte ni à tes rivaux, ni à tes devanciers les agréments que tu ajouteras à la musique.

—

» Ne prépare d'avance que les choses in-
différentes ou sans effet.

—

« » Quand tu voudras être applaudi, repré-
sente-toi un jeune cheval qui court au milieu
d'une belle campagne, sans brides et sans en-
traves.

—

» Pour chanter un air de quelque étendue,
tiens-toi légèrement cambré, sans cependant
te roidir trop; ensuite, fais en sorte que, dans
le trille, ta tête imite le mouvement d'une fleur
que le vent balance, etc... »

Nous ne citerons pas tous les préceptes que
le professeur donna ce jour-là à Bagatini. Il
nous faudrait, pour cela, transcrire une
grande partie de l'excellent livre intitulé *Del
egregio e soave canto italiano*, par Giuseppe

Cesarotti. Nous préférons y renvoyer les connaisseurs.

Angelo se retira, bien convaincu qu'il n'é-
tait encore qu'un très-mince écolier dans
l'art divin du chant, dont il avait toujours fait
sa principale passion. Rentré chez lui, il se
mit à tirer une dernière fois quelques accords
de son clavecin; puis il soupira et ferma les
yeux d'un air abattu, en pensant que cette
soirée était la dernière où il chanterait à
son heure, suivant son caprice et pour lui
seul.

« Demain, demain! » répétait-il en s'endor-
mant; « quelle épreuve! Oh! saint Janvier!
patron des chanteurs! fais en sorte que je n'y
succombe pas! »

Notre héros ne dormit pendant cette nuit
que sept ou huit heures consécutives. Il eût
volontiers donné tout ce qu'il possédait pour
pouvoir retarder ce fatal début de quelques

jours encore. Malheureusement il ne possédait rien en ce moment, rien qu'une forte dose
de frayeur et d'inquiétude. D'ailleurs, son
nom figurait déjà sur l'affiche.

## LE THÉATRE-NEUF.

« Venez, venez entendre, honorés mes-
» sieurs et vous très-honorées dames, le très-
» joyeux, très-ingénieux et très-divertissant
» opéra, la *Sposa fedele*, qui se donnera ce
» soir au Théâtre-Neuf. La musique a été com-
» posée par le célèbre et gracieux Nicoletto;

» le principal rôle sera rempli par le jeune,
» très-nouveau, mais très-brillant Angelo Ba-
» gatini. L'harmonieuse Colombella fera la
» première femme... Dans cette pièce, vous
» verrez aussi l'amusant et joyeux Casaccia,
» qui chantera et dansera de façon à satis-
» faire l'illustre et honorable assistance, etc. »

Ainsi parlait l'affiche de Babeo, que le vent agitait à l'entrée de plusieurs rues voisines de celle de Tolède.

Tandis que chacun lisait le nom d'Angelo Bagatini, écrit à la main en gros caractères avec celui des autres chanteurs, le pauvre débutant était bien loin de se sentir aussi vaillant et aussi joyeux que voulait bien le dire l'affiche de Babeo.

Il était blotti dans son lit, mourant de peur et attendant, avec une certaine impatience, que l'horloge du voisinage eût sonné midi. Cette heure de son lever, qui venait toujours trop tôt au gré de sa paresse, lui semblait aujourd'hui bien déchue de sa vigilance accoutumée. L'inquiétude lui ôtait le sommeil.

Cependant, quelques prétendus connaisseurs de musique, rassemblés devant la Sorbetteria Grande, trois ou quatre heures avant le spectacle, commençaient déjà à disserter sur le mérite du nouveau chanteur, qu'ils n'avaient point encore entendu.

« Quel est donc, » disait l'un d'eux, » cet Angelo Bagatini qui est annoncé aujourd'hui, en grosses lettres, sur l'affiche de Babeo? Quel est ce nouveau venu qui ose se montrer sur le Théâtre-Neuf, sans avoir encore fait ses preuves dans les églises ou dans quelque académie? Ah! que je l'entende donc, ce téméraire, pour que je le bafoue de la belle manière, et lui montre qu'on ne se hasarde pas impunément à paraître sur cette scène où ont brillé le grand Pitello, l'excellent Bonbarello, la brave Carlina et tant d'autres virtuoses du premier rang!... »

L'homme qui parlait ainsi se nommait Ricciardo, directeur du théâtre de Gênes. Il venait d'engager, pour compléter sa troupe, tous les mauvais chanteurs congédiés par Babeo. Il avait soin de les nommer tout haut, et de les louer d'avance outre mesure.

Angelo passait, en ce moment, devant la Sorbetteria Grande. En entendant les discours qui se tenaient sur son compte, il eût bien voulu pouvoir s'écrier : « Eh! messieurs, sachez au moins que le nouveau chanteur du Théâtre-Neuf, que vous critiquez ainsi, sans le connaître, est un élève du grand professeur Porpora..... »

Mais il préféra continuer son chemin et baisser humblement la tête, afin de n'être pas reconnu.

En arrivant au théâtre, il trouva la Colom-

bella déjà prête à représenter, avec toute la
pompe convenable, le personnage de la princesse Paolina.

Babeo s'était mis en frais pour la *Sposa fedele*. Il avait fait faire à la jeune chanteuse un
manteau couleur orange, orné de franges et de
clinquant. Joignez à cela un diadême de car-
ton et de magnifiques pendants d'oreilles en
verroterie.

Les chanteurs et les chanteuses du Théâtre-
Neuf s'habillaient alors, pêle-mêle, derrière
un rideau placé près de la scène.

Angelo se sentit tout étourdi, lorsqu'il fut
question d'endosser le pourpoint rouge du
prince Lindoro, qu'il allait représenter. Il se
laissa placer machinalement sur la tête une
toque, dont le blanc panache flottait de côté et
d'autre, et retombait sur ses paupières, au risque de l'éborgner. Un manteau qui traînait
presque à terre, une longue rapière en fer-

blanc disposée horizontalement le long de ses mollets, complétaient le costume du plus craintif et du plus tremblant des amoureux de théâtre.

Babeo avait l'habitude de passer ses acteurs en revue avant et après le spectacle : avant, pour voir si rien ne manquait à leurs costumes, et après, pour s'assurer qu'aucun d'entre eux ne détournait, à son profit, quelque dentelle ou quelque oripeau appartenant à la garde-robe du théâtre.

Lorsqu'il en vint à inspecter Angelo, il le trouva si pâle et si décomposé, qu'il ne put s'empêcher de lui adresser, sur son manque de courage, quelques injures, qu'il croyait propres à réveiller son zèle.

Mais, en entendant tonner contre lui la grosse voix de Babeo, Angelo éprouva à la fois tant de peine et de dépit, qu'il ne put retenir ses larmes.

« Eh quoi! » lui dit aussitôt Casaccia à voix basse, « tu pleures, mon Angelo, pour quelques mots que t'aura dits cet âne, ce chien maudit de Babeo!... Eh! songe donc qu'il n'est aucun de nous qu'il ne maltraite ainsi tous les soirs... Allons, allons, tendre ami, essuie tes yeux et imite ma gaîté et ma philosophie... Si les spectateurs sont tentés, tout à l'heure, de se moquer de toi, eh bien! fais-leur les cornes et soutiens-leur, comme moi, un jour, « que deux carlins par soirée sont bien suffisants pour être applaudi, mais non pour se voir bafoué. »

Cependant, au milieu de ces discours, l'heure de lever le rideau était venue. Nicoletto était assis, depuis long-temps, devant son petit clavecin, dans un coin de l'orchestre, supportant, avec l'héroïsme d'un martyr, les interpellations et les brocards qui pleuvaient sur lui de tous côtés : « Commencerez-vous

enfin , directeur maudit, chanteurs et musiciens du diable?... »

Enfin, le régisseur Ancabrani, fidèle à ses
fonctions, agita sa sonnette. Le silence se ré-
tablit aussitôt parmi les spectateurs, et la
*Sposa fedele* commença.

La pièce s'ouvrit par un chœur d'un mouvement animé, qui n'avait été composé que
pour préparer l'entrée du premier chanteur.

Dès que ce chœur fut achevé, on fit signe
à Angelo de s'avancer ; mais il tremblait si
fort, que ses genoux fléchissaient sous lui.
Babeo fut obligé de le pousser rudement
par les épaules, pour le chasser de la
coulisse ; ce qui fit que le pauvre prince Lindoro entra à reculons sur le théâtre et en s'em-
barrassant les jambes dans son épée. Il n'en
fallait pas tant pour exciter les éclats de rire
d'un public déjà disposé à s'égayer aux dé-

pens des nouveaux acteurs. L'hilarité devint
générale.

Angelo, bien que cet évènement eût encore
augmenté son trouble, eut cependant assez de
présence d'esprit pour s'avancer au milieu de
la scène, et pour faire aux spectateurs plusieurs saluts profonds, en signe de soumission.

Il commença, d'une voix sourde et mal as-
surée, un long récitatif qui souleva dans l'assemblée ce vague murmure, sinistre précur-
seur d'une bourrasque. L'infortuné chanteur
sentit cependant renaître en lui quelque confiance, lorsqu'il vit entrer, par une des portes
latérales, la princesse Paolina, brillante de
dorures, qui accourut à lui les bras ouverts,
en commençant, avec un vif accent de tendresse, un *duettino* passionné.

« *Caro, caro, semprè piu t'amo!* »

Angelo croyait aimer alors, et voir la Colombella pour la première fois. Il ne put s'empêcher de mettre une certaine expression
dans sa voix, en répétant le même passage :

« *Cara, cara, semprè piu t'amo.* »

Le goût et l'ame qu'Angelo montra dans ce
duetto effacèrent, par degrés, le mauvais effet
produit par son entrée. Les habitués du
Théâtre-Neuf étaient alors, il est vrai, d'une
excessive rigueur ; mais, lorsqu'on était une
fois parvenu à leur plaire, rien n'égalait la
vivacité de leurs transports. Angelo remarquait
déjà, avec plaisir, que quelques perruques
blanches des premières banquettes s'agitaient
en signe d'encouragement et de plaisir.

L'arrivée de son ami Casaccia, sous l'habit
d'un valet poltron et gourmand, fut accueillie
par de grands éclats de rire, et mit la salle entière en belle humeur.

Un duo, demi-bouffe et demi-sérieux, commença aussitôt entre le valet Panacciello, décrivant ses frayeurs et ses peines, en errant jour et nuit autour des cuisines de Naples, et son maître, le prince Lindoro, rappelant ses soupirs, ses langueurs et les larmes qu'il a versées sous le balcon de la princesse Paolina, retenue prisonnière par un geolier brutal et jaloux.

Ce duo acheva de gagner à Bagatini la faveur du public.

A chaque trait, à chaque passage, les spectateurs trépignaient et se renversaient sur leurs bancs, sans cesser cependant de rire de bon cœur, chaque fois que le prince Lindoro renvoyait sa longue épée qui s'embarrassait obstinément dans ses jambes, et semblait décidée à livrer un perpétuel assaut à ses mollets. Le second acte de la *Sposa fedele* compléta le triomphe du nouveau chanteur.

Dans le *cantabile* d'un grand air, on reconnut l'éclat et la beauté de l'école de Porpora. Mais les applaudissements n'eurent plus de mesure, lorsque le jeune virtuose, s'avançant vers la rampe, termina la pièce par une espèce de *Sicilienne*, où Nicoletto avait eu soin de réunir les traits propres à faire briller sa voix. Cadences de tous les genres, cadences redoublées, surtout cette fameuse *trille*, qu'Angelo possédait dès l'enfance, et qui l'avait toujours rendu l'idole de ses maîtres; rien n'avait été oublié par le compositeur.

Cette *Sicilienne* fut redemandée à grands cris par la salle entière. Les mots de vive! vive! retentissaient avec tant de force, que Babeo tremblait que le plafond de sa salle, un peu vieux, en dépit de la dénomination de son théâtre, ne finît par s'écrouler.

Il n'en fut rien, heureusement. On se contenta de rappeler et d'applaudir à plusieurs re-

prises le jeune et gracieux ténor qui avait
presque aussi bien chanté, dès son début, que
les plus anciens professeurs du Théâtre du Roi.

Quelques spectateurs attendirent même, à
la porte, que le prince Lindoro eût rendu sa
dépouille à Babeo et fût redevenu Angelo
Bagatini tout court, jeune homme au vieux
manteau et aux bas troués; ils l'entourèrent
et le reconduisirent en triomphe jusqu'à son
hôtel du *Pigeon d'Or*.

# X.

## LE COURTISAN.

« Connaissez-vous Bagatini? Avez-vous entendu et applaudi le jeune et brillant chanteur
du Théâtre-Neuf? » Telle était la question
qu'on se faisait aux coins de toutes les rues de
Naples. On prétendait que, chaque soir, Bagatini s'étudiait encore à varier son chant, et

8

à en multiplier les ressources et les richesses.
Quand l'affiche de Babeo annonçait la *Sposa
fedele*, la foule assiégeait les portes de son
théâtre.

O vous qui connaissez déjà le caractère
fantasque et la tête légère de notre héros;
vous qui l'avez vu repousser dédaigneusement
la main que lui tendait de la coulisse son vieil
oncle Grilli, un peu ivre, il est vrai, ce soir-là,
ne comprenez-vous pas qu'un cœur tendre et
novice, tel que le sien, ait bien pu ne pas être
en garde contre les piéges d'une gloire si
nouvelle pour lui?

Songez à cela! S'entendre proclamer un
des premiers *vocalistes* (1) de Naples, à un
âge où tant de gens obtiennent à peine le titre

---

1 *Vocaliste, vocalista*, le mot est italien. Tous les historiens
du temps l'emploient pour désigner un chanteur qui vocalise
avec grace et légèreté. Il fallait nécessairement franciser ce
mot, sous peine de recourir à une périphrase lourde et em-
barrassante.

de simples chanteurs ! n'est-ce pas là un bonheur inoui ! Et, pour ne pas s'enorgueillir
d'un pareil titre, il eût fallu, d'une part,
être plus modeste qu'il n'est donné à un chanteur de l'être, et surtout ne point avoir le cœur
et le caractère frivoles de Bagatini.

Voilà donc notre héros qui se pavane, fait
le fier, porte une épée de fer-blanc au lieu
d'une épée de bois. L'orgueil et le goût de la
parure, deux grands défauts, s'emparent de
lui à la fois.

Le voilà aussi qui perd tout à coup son en-
jouement et les graces de son esprit. On le citait
autrefois, à la Sorbetteria Grande, pour son bon
caractère et le talent qu'il mettait à représenter de petites scènes burlesques devant les
étrangers, pour en obtenir quelque argent ;
à présent, il ne s'y montre plus que de loin en
loin, et encore sous les traits d'un ambitieux
que les soucis dévorent.

La Colombella, créature un peu intéressée, il est vrai, l'aimait d'autant plus éperdument qu'elle le voyait marchant à grands pas sur la route des honneurs; elle s'efforçait parfois de réveiller, dans le cœur du prince Lindoro, l'amour que lui accordait autrefois Bagatini.

Mais, une fois rentré dans la coulisse, Lindoro n'était plus pour elle que l'homme le plus froid, le plus indifférent.

« Allons, laisse-moi, » lui disait-il, « chanteuse sans talent et sans goût, ta voix me fatigue; et, lorsque tu chantes à mes côtés, je pense, malgré moi, aux cris de la chouette... Quand donc ne serai-je plus condamné à entendre tes notes aigres et flûtées?... »

Angelo en était venu à ce point de fierté de mépriser le chant de la Colombella, et même les airs de son ami Guarsetto. Il n'estimait que lui, et se mirait dans son chant, comme un paon se mire dans son plumage.

Bien qu'il obtint, chaque soir, de nouveaux applaudissements, il ne laissait pas d'employer tous ses moments de loisir à vocaliser, à exercer encore son gosier déjà si habile. L'ambition lui était venue avec les succès, comme l'avarice vient aux commerçants avec les richesses.

Plusieurs femmes qui, certes, ne méritaient pas toutes d'être dédaignées, entre autres les duègnes les plus vieilles et les plus desséchées du Théâtre-Neuf, devinrent éperdument éprises de celui qu'on n'appelait plus que le *virtuose à la mode*. Angelo en écouta quelques unes ; mais presque toutes eurent à se plaindre de son ingratitude et de ses duretés : il les abandonnait, le plus souvent, après une première entrevue.

Quelle bizarrerie ! Un jour, devant la fontaine Medina, le colloque suivant s'établit

entre lui et un certain Guardono qui se faisait passer pour devin :

« Mon fils, que penses-tu des femmes ?

— Mon père, je pense qu'elles doivent
toutes nous aimer, et sans, pour cela, que nous
les aimions.

— Mon fils, tu seras longtemps heureux,
mais je te prédis que tu finiras tôt ou tard
par succomber.

— Mon père, laissez-moi vous dire que je
ne crois pas cela.

— Ah ! doute funeste ! trop confiant Angelino, » s'écria Guardono d'un air grave, et en
emboursant les deux carlins que Bagatini venait de lui remettre pour ses prétendues prophéties. Notre héros pouvait ainsi se convaincre, par plusieurs signes, qu'il se préparait
pour lui quelque grande catastrophe.

Un soir, il se fit attendre, pour le spectacle,
plus qu'il n'était permis ; car il avait ses ca-

prices et ses fantaisies comme les acteurs à la
mode. Ses camarades, et entre autres la Colombella et son mari Guarsetto, commencèrent
alors à se plaindre des manières de leur nouveau camarade. « Un roi, » disaient-ils,
« parlant à ses sujets, n'était ni plus absolu,
ni plus fantasque que lui. Il gardait souvent
le silence par obstination, et ne répondait que
lorsqu'on ne l'interrogeait pas. »

Casaccia, qui aimait toujours tendrement
Angelo, malgré sa vanité et ses défauts, prit
sa défense.

« Le cœur d'Angelino n'a point changé, »
dit-il, « mais, à sa tristesse et à ses bizarreries,
je devine, moi, qu'il aime en secret quelque
femme riche, puissante, qui ne l'aime pas et
ne saurait l'aimer. »

Casaccia avait deviné juste. Ce n'était plus
ni à la Colombella, ni à la Rosalba, ni à la
Lisetta, que s'attachait maintenant l'orgueil-

leux virtuose, c'était à une femme d'un rang bien plus élevé que tout cela. Il l'avait remarquée, dans une loge voisine de la scène, chaque fois qu'on donnait *la Sposa fedele*.

Malgré la distance et le voile épais qui couvrait le visage de cette inconnue, Angelo avait deviné que ses yeux devaient être d'une incomparable beauté, son tour de visage noble et régulier, sa taille remplie de grace et sa peau d'une finesse sans pareille.

C'était pour elle qu'Angelo chantait tous les soirs avec tant d'ardeur et de zèle, pour elle qu'il s'étudiait à n'être jamais le même chanteur, voulant lui plaire et l'éblouir sans cesse par de nouveaux effets. Il cherchait dans son ame, bien plus encore que dans son gosier, l'expression naturelle et vraie qu'il convenait de donner à chaque partie de son rôle. L'amour doublait ses forces; sa passion enflammait son zèle. Mais quelle était donc cette

femme à laquelle Bagatini dédiait, en quelque
sorte, ses passages les plus beaux et ses
plus parfaites cadences ? Il resta quelque
temps à deviner son nom ; car, malgré son
excessive vanité, il était parfois craintif et
timide.

Il avait remarqué, cependant, que cette
inconnue ne venait jamais seule au Théâtre-
Neuf. Elle avait toujours à ses côtés le mari
le plus jaloux, le plus dur qui ait jamais attiré sur sa tête les plaintes et les justes malédictions des amoureux transis et des joueurs
de guitare.

Le seigneur Gabrielli avait passé autrefois
pour un des plus riches orfèvres de Naples.
Il vivait retiré, depuis quelque temps, dans
son palais situé au sommet de la rue du
Monte-Olivetto. Là, il jouissait en paix
des richesses qu'il avait amassées laborieuse-
ment dans sa boutique de la rue De' Mercanti.

Or, la jeune et belle Adelina, simple fille
d'un maître-tailleur, que Gabrielli avait épousée par amour, était précisément cette femme
qu'Angelo aimait, et qu'il retrouvait à toutes
les représentations de *la Sposa fedele* : elle
l'applaudissait plus souvent que personne ;
car elle était elle-même grande connaisseuse
de musique. Elle chantait, disait-on, avec
une touchante expression, les airs un peu anciens, mais toujours si doux, de Palestrina ou
de Carissimi. Ces airs contribuaient à endor-
mir, le soir, son vieil époux.

« Ah ! » s'écriait quelquefois Angelo en se
costumant et en cherchant à faire régner un
certain goût dans ses habits de théâtre, « si
cette femme pouvait savoir seulement que la
princesse Paolina qu'aime et poursuit Lindoro devrait s'appeler *Adelina Gabrielli*, et
non *Paolina*, et que ce geolier farouche, que
le prince craint, qu'il déteste et maudit du

fond de l'ame, n'est pas un geolier, mais bien plutôt son vieux mari, le seigneur Gabrielli lui-même!... »

Mais comment arriver à faire connaître cet amour autrement que par un chant bien tendre, bien passionné, ou par quelques regards furtifs jetés, à la dérobée, vers la loge de l'orfèvre?

Gabrielli était jaloux et ordonnait souvent, au milieu de la nuit, à ses valets, de s'armer de hallebardes et de faire sentinelle autour de son palais. Ensuite, les plus singuliers bruits couraient alors dans Naples sur le compte de sa femme.

Deux acteurs du théâtre Saint-Charles, Porta et Pallavicino, avaient été, disait-on, à la fois amoureux de la séduisante Adelina, mais avant qu'elle n'épousât l'orfèvre Gabrielli. Porta maigrissait pour elle à vue d'œil;

Pallavicino séchait de jalousie. Ils étaient jeunes l'un et l'autre et bien faits. Pallavicino l'avait enfin emporté. Mais, peu de temps après son triomphe, il avait été pendu comme meurtrier. Être amoureux et meurtrier, cela ne se conciliait guère. Aussi, ne donnait-on cela que comme un bruit qui courait alors dans la rue du Monte-Olivetto. On sait que, dans tous les pays du monde, une femme jeune et belle est toujours exposée à certaines embûches. L'œil noir de la Gabrielli ne prouvait point d'ailleurs qu'elle eût eu une si triste influence sur le sort de ses amants.

Bagatini, toujours éperdument épris de cette femme, fut cependant jeté dans un trouble extrême par ce qu'on racontait de Pallavicino.

« Je t'aime! » s'écriait-il, « je t'aime, chère idole, et plus que ma vie; le ciel m'est témoin, cependant, que je ne voudrais pas, pour cela, être pendu... »

Ainsi, toujours crédule et superstitieux, notre héros rattachait à sa propre destinée tout ce qui se passait autour de lui.

## XI.

### LES SBIRES.

Connaissez-vous ce vieux proverbe florentin inventé sans doute par les amoureux, qui dit : « Que la jalousie ne fait pas vivre les maris ? »

L'orfèvre Gabrielli put reconnaître bientôt toute la vérité de cet adage. Un cortége

funèbre descendit un jour, en grande pompe,
la rue du Monte-Olivetto. C'était le cortége
du vieil orfèvre, qui avait fini par succomber
à ses noirs accés de jalousie, joints aux infir-
mités qu'il devait à l'exercice d'un commerce
sédentaire. Par suite de cette catastrophe, sa
femme se trouva une des plus riches et toujours une des plus belles douairières de Naples.

On sait que les chanteurs à la mode sont
souvent sujets à se flatter. Bagatini, en apprenant la mort de Gabrielli, éprouva d'abord
une grande joie; ensuite il s'imagina, on
ne sait trop pourquoi, que les obstacles qui
le séparaient d'Adelina s'étaient tout-à-coup
aplanis.

« Eh quoi! » disait-il en se mirant avant
de paraître sur la scène, « ne suis-je pas digne
d'être aimé? N'ai-je pas vu plus d'une fois,
quand je chantais *la Sposa fedele*, les regards

de la Gabrielli s'arrêter sur moi avec complaisance? Et, à moins qu'elle n'ait un cœur
de roc, se peut-il qu'elle ne soit pas émue
lorsque je chanterai, en me tournant à demi
vers elle d'un air passionné :

« *Cara, cara sempre piu t'amo?* »

Mais ce jour, où il devait voir enfin sa bien-
aimée seule dans sa loge, et à jamais délivrée
de son terrible Argus, ne vint jamais. Il eut
vainement les yeux attachés, à toutes les représentations, sur le petit rideau rouge qui
fermait le devant de la loge de l'orfèvre; ce
rideau ne se souleva plus.

Angelo attribua d'abord l'absence de la Gabrielli à la mort récente de son mari; car,
tout vieux et laid que fût l'orfèvre, il ne fallait pas moins que son deuil fût porté. Mais,
ce temps de deuil une fois écoulé, la loge du
Théâtre-Neuf continua à rester vide.

9

Le pauvre Bagatini se désespérait. Cette salle, qu'il se plaisait autrefois à faire retentir de ses plus doux accents, lui paraissait actuellement triste et déserte. Les applaudissements du public ne le touchaient plus. Il était rassasié d'honneurs et de triomphes.

Souvent même sa peine était si vive, que sa voix tremblait en chantant; ou bien il s'égarait au milieu des *fioretti* nombreux qui étaient devenus, en quelque sorte, une des nécessités de son titre de *virtuose à la mode*.

Plus d'une fois, les murmures des spectateurs étaient venus lui prouver qu'un chanteur ne s'égare jamais impunément dans les peines d'un amour sans espoir. On commençait à répéter tout bas que le règne d'Angelo Bagatini passait. On disait même que Babéo, toujours attentif à contenter les habitués de son théâtre, songeait à opposer à Bagatini un autre chanteur plus ha-

bile que lui, et qui le ferait nécessairement
oublier.

Ainsi l'amour, qui avait un moment tiré Angelo de la misère, allait l'y replonger. Mais,
heureusement, le chanteur décida que le meilleur parti était encore d'effacer de son esprit
l'image de cette femme, qu'il pouvait, à bon
droit, taxer d'ingratitude. Le nouvel opéra,
*Gli amanti attraversati,* que Pandolfo Guarsetto composa pour lui, ramena les beaux
jours de *la Sposa fedele;* et Bagatini, malgré
ses ennemis, n'en fut pas moins *le premier
vocaliste de Naples.*

Mais, hélas! la gloire n'est qu'un inutile
hochet quand l'amour nous maltraite. Angelo ne chantait déjà plus par entraînement
ni par goût; il chantait par métier et comme
un gagiste. Puis un fait, qu'il avait appris
récemment par un des valets de la Gabrielli,
était encore venu redoubler sa peine.

La Gabrielli était froide, disait-on, cruelle et incapable de ressentir un véritable amour. Ensuite, elle avait toujours à ses côtés un professeur de chant qui l'accompagnait à la promenade.

C'était un certain Burchiello, ancien ténor du Théâtre du Roi, fort beau naguère, et qui, maintenant, consacrait à l'enseignement de la musique les restes d'une voix brillante, mais presque éteinte et cassée par le temps.

Depuis la mort de l'orfèvre, Burchiello ne quittait plus la Gabrielli. Ses yeux brillaient encore, auprès d'elle, d'un certain éclat sous la perruque qui lui couvrait le front. Son corps était ferme et point trop voûté. On disait tout bas qu'il occupait, dans le cœur de sa belle élève, une place que les chanteuses n'ont guère la coutume de refuser à leurs maîtres de chant.

« Ah! Dieu de bonté! » s'écriait le pauvre

Angelo en apprenant ces désespérantes nouvelles, « qu'avais-je besoin d'effacer tous mes
rivaux du Théâtre-Neuf, d'être proclamé
*excellent, incomparable*, pour me voir préférer ce chanteur hors de service, cette ruine,
ce damné vieillard?... ».

Il se rendait souvent, le soir, sous les fenêtres de la Gabrielli, et là il prêtait une
oreille attentive aux cantilenes qu'elle exécu-
tait avec Burchiello, dont la voix chevrotante
cherchait à s'accorder avec les accents purs et
agréables de son écolière.

Un soir, Angelo se sentit si supérieur à
Burchiello, qu'il ne put résister au désir de
se faire entendre. Il voulut, à tout prix, apprendre son amour et sa présence sous le balcon à la femme qu'il adorait. Les fenêtres
étaient ouvertes, par bonheur; il toussa,
éternua comme pour préluder, et attira bientôt l'attention sur lui, en commençant un

de ses morceaux favoris : « *Misero Pargoletto.* »

A peine eut-il achevé cet air, qu'il crut voir
une main blanche s'agiter à travers les bar-
reaux du balcon, en signe de remercîment.
Il entendit aussi une voix douce lui crier :
« Bravo, bravo, Bagatini ! ! vive le premier
vocaliste de Naples, l'incomparable chanteur !... »

Mais, bientôt après, il entendit aussi Burchiello qui éclatait de rire et semblait reprocher à la Gabrielli son admiration pour un
chanteur des rues qui attendait, sans doute,
qu'on lui jetât quelques pièces de monnaie.

Au même moment, deux ou trois pièces
d'argent retentirent sur le pavé. Bagatini ne
douta pas que son rival n'eût eu ainsi le dessein de l'humilier et de l'accabler de son
mépris.

« Ah ! misérable Burchiello, » s'écria-t-il,

« je ramasse ton argent, par la raison que je
n'ai pas de quoi souper aujourd'hui; mais le
repas que je vais faire à tes dépens ne servira
qu'à entretenir la haine que je nourrissais
déjà contre toi... C'est toi, traître, qui m'en-
lèves le cœur d'Adelina, qui l'empêches d'être
sensible à ma voix et de me répondre? Tu
lui persuades sans doute que Naples ne possède
qu'un seul bon chanteur, et que ce maître
habile, ce virtuose accompli, c'est Burchiello...
Va, rebut des théâtres, indigne rival, avant
peu je saurai me venger de ton impudence!...»

Il descendit, en courant, la rue du *Monte-
Olivetto*, roulant déjà dans son esprit le noir
dessein qui devait être bientôt pour lui la cause
de tant de malheurs.

## XII.

### LA GABRIELLI.

Au milieu des tourments infinis et des inquiétudes mortelles que cet amour lui susci-
tait, Bagatini reconnut bientôt que l'amitié est,
après tout, non moins nécessaire à un chanteur en vogue que de vains honneurs et l'ido-
lâtrie d'un public volage. Il se sentit donc un

peu moins à plaindre en retrouvant, chez ses camarades de théâtre, de sincères et bons amis, exempts de jalousie et disposés à aimer encore, comme par le passé, l'orgueilleux qui avait poussé l'ingratitude jusqu'à les appeler un jour, en plein théâtre, « *Bestioles renforcées,* » au risque de les faire congédier par le farouche et tyrannique Babeo.

Pandolfo Guarsetto, la Colombella, Bella Vita, et surtout le bon, l'excellent Casaccia, n'avaient point cessé de lui prouver leur attachement en toute occasion, mais surtout lorsqu'il s'agissait de le protéger contre ses ennemis ; ils l'aimaient plus tendrement encore depuis qu'ils le voyaient malheureux.

« Allons, Angelino, » lui disaient-ils, lorsqu'ils le voyaient abîmé dans son chagrin, « il ne faut pas te laisser ainsi abattre..... Que ne cherches-tu à oublier cette femme, assez insensible pour se laisser attendrir par la voix

mélodieuse du meilleur, du plus habile chanteur qu'ait jamais eu le Théâtre-Neuf?...

— Ah ! maudite étoile ! » s'écriait notre héros en frappant du pied, « j'ai perdu le sommeil et aussi presque l'habitude de manger.
Bientôt, mes amis, je perdrai sans doute aussi
cette voix si rare et si souvent applaudie, qui
a fait ma fortune. Il ne me restera plus alors
qu'à aller mendier par les rues... Hélas ! avant
peu je mourrai de faim, si je ne meurs pas de
douleur!... »

Un jour, il se trouvait à la Sorbetteria Grande
et se préparait à éteindre un peu l'ardeur qui
le consumait, à l'aide d'un sorbet où Mala
Gamba avait épuisé tout son savoir-faire, lorsqu'il vit s'approcher de lui les deux Levantins
qui s'étaient, en quelque sorte, constitués ses
patrons : il les trouvait toujours sur son chemin et disposés à lui donner quelques avis
dictés, en apparence, par l'intérêt et la raison,

mais qui, au fond, ne faisaient qu'aggraver ses embarras et ses peines.

« Eh bien! seigneur Bagatini, » lui dit Hamousseb d'un ton à demi railleur, « il me semble que la bague que nous vous avons remise, lors de votre début, ne vous a point porté malheur. Vous voilà aujourd'hui comblé de gloire et d'honneurs. Chacun salue et applaudit en vous un des meilleurs chanteurs de Naples... Mais, outre votre talent, vous ne nierez pas, sans doute, que cette bague n'ait pu avoir aussi une certaine influence sur vos succès, surtout quand vous saurez qu'elle a appartenu à notre grand musicien persan Schac-Culi...

— Est-il vrai? » reprit Angelo d'une voix chagrine; « se peut-il que cette bague ait vraiment contribué à me faire surpasser mes rivaux?... Ah! s'il en est ainsi, reprenez-la, seigneur étranger, je vous la rends; car elle

seule a été la cause de tous mes malheurs...
C'est elle qui, d'un jeune homme simple et
modeste que j'étais autrefois, a fait de moi un
chanteur ambitieux, avide de gloire; c'est
elle enfin qui m'a mis dans le cœur cette maudite pensée qu'il me serait possible de gagner,
en chantant tous les jours de mieux en mieux,
le cœur de la belle Gabrielli, qui eût peut-
être fini par voir en moi le plus sensible des
amants, si elle n'eût pas vu, avant tout, le
plus accompli des chanteurs. »

Angelo venait d'ôter de son doigt la bague
du grand Schac-Culi, et la rendait à Hamousseb.

« Non pas, » reprit celui-ci, « non pas;
on ne rompt pas ainsi un pacte qu'on a formé...
Vous ne pouvez, seigneur Bagatini, redevenir
maintenant un simple bourgeois, dansant,
pour quelques carlins, devant la Sorbetteria

Grande, après avoir régné à titre de *premier vocaliste* sur le public de Naples... Gardez cette bague, puisqu'elle vous appartient. Il est, d'ailleurs, indifférent actuellement que vous la portiez ou non... Vos succès sur le Théâtre-Neuf doivent avoir à peu près épuisé sa vertu. Continuez donc à briller dans votre art; mais, croyez-moi, en vous y perfectionnant encore, faites de nouveaux efforts pour acquérir un peu de cette force de poitrine qui vous manque. « C'est un agréable oiseau, » disait hier encore, en parlant de vous, le professeur Raimondi; « mais, après tout, ce n'est qu'un oiseau. » Voyagez donc quelquefois dans les routes ardues et difficiles du chant, et ne vous tenez pas seulement dans les plaines et vers les lieux charmants qu'habitent les fauvettes. C'est par votre voix seulement que vous pouvez espérer adoucir la cruauté de la Gabrielli, et triompher de ce chanteur épuisé, si inférieur à vous, en un mot, de Burchiello, votre indigne rival... »

Angelo écoutait avidement et la bouche béante les discours des deux étrangers. Son oncle Grilli avait beau lui représenter que leurs conseils pourraient bien parfois lui devenir funestes; il méprisait ce salutaire avis. Il est vrai que le vieux porte-faix Grilli, toujours à moitié ivre, n'inspirait guère de confiance.

Notre héros se remit donc, avec plus d'ardeur que jamais, à ses anciennes études, qui lui avaient valu de si rapides triomphes. Mais ce fut en vain qu'il redoubla chaque soir de zèle et de soin, qu'il mêla « à ses accents de Philomèle, » comme disait Noureddin, des notes pleines de vigueur et d'énergie; tout cela resta perdu pour la Gabrielli.

Dans son désespoir, il résolut de rompre son engagement avec Babeo et de quitter

Naples, sans prendre congé même de ses meilleurs amis, les autres chanteurs du Théâtre-
Neuf. Il voulait s'éloigner des lieux qui lui
rappelaient sans cesse l'image de l'insensible
veuve de l'orfèvre.

Il errait un jour sur la route de Pouzzol,
sans savoir où ses pas se dirigeaient, regardant tristement passer les équipages et les ca-
valiers qui parcouraient cette promenade,
lorsque, tout-à-coup, il vit venir vers lui, au
milieu d'un nuage de poussière, un élégant
*calessino* précédé de deux coureurs. C'était
l'équipage de la Gabrielli. Auprès d'elle se
tenait le professeur Burchiello, vêtu d'un habit neuf qu'il n'avait sans doute pas payé de
ses propres deniers. Il affectait de regarder de
côté et d'autre, de l'air d'un homme indifférent, et un peu blasé sur le plaisir de contempler sa belle voisine. A cette vue, notre héros
se sentit accablé de douleur.

Cependant l'équipage sembla ralentir un
peu sa marche lorsqu'il passa devant lui. Et
quelle fut sa surprise lorsqu'il vit, au moment
où Burchiello portait ses regards d'un autre
côté, Adelina soulever son voile pour lui dire
d'une voix douce et émue : « A ce soir ! »

Angelo se trouva d'abord comme transporté
dans un autre monde, ne sachant pas comment il devait interpréter cette aventure. Il
fut obligé de s'asseoir au pied d'un arbre pour
ne pas tomber. « A ce soir ! » répétait-il sans
cesse en lui-même.

Adelina avait donc enfin compati à son
amour, elle y répondait !... « A ce soir ! » mais
où donc ? Ah ! au Théâtre-Neuf, sans doute,
où il pourrait la voir à son aise assise dans
cette loge, qui avait déjà servi jadis de muet
trucheman à leur amour.

A moitié fou d'amour et de plaisir, il se
rendit aussitôt chez Nicoletto, afin de pré-

parer sa voix au clavecin et se disposer à être
accueilli du public, ou plutôt de celle qu'il
aimait, avec plus de faveur encore que de
coutume. Comme il comptait aussi sur l'agrément de sa figure pour achever d'enflammer
le cœur de la Gabrielli, il comprit que le
costume fourni par Babéo n'était point assez
brillant pour lui.

Il alla donc chez un des principaux fripiers
de la rue de Tolède, et ordonna qu'on lui
apportât, pour l'heure du spectacle, un habit
du plus beau drap d'argent, qu'il loua à ses
frais, c'est-à-dire à crédit. De plus, il em-
prunta des bas de soie, des rubans et des
plumes à la Rosalba, voulant qu'une parure
complète achevât la conquête commencée par
le chant de Lindoro.

Mais jugez maintenant quels furent sa surprise et le désespoir du pauvre jeune homme,
lorsque le soir, après tant de soins, tant de

préparatifs qui avaient entièrement épuisé sa bourse, restée toujours fort plate, grâce à l'avarice de l'entrepreneur du Théâtre-Neuf, la Gabrielli ne parut pas dans sa loge.

Angelo conserva encore quelque espoir pendant le premier acte. Il n'était pas surprenant qu'elle préférât n'assister qu'à la seconde partie de *la Sposa fedele* que, de bon compte, elle avait entendue quarante fois, pour le moins, depuis le commencement de la saison.

Mais, quand le rideau se leva pour le second acte, et qu'il vit que la loge de la Gabrielli continuait à rester vide, alors la peine qu'il ressentit fut si vive, qu'il déchira de colère sa collerette; et, dans son désespoir, se sentant incapable d'achever son rôle, il s'échappa du théâtre par une porte dérobée.

Quand le moment fut venu de chanter la grande *Sicilienne* qui terminait la pièce, on

appela, on chercha vainement dans tous les
coins de la scène le prince Lindoro. Il fut
bientôt prouvé qu'il venait de s'enfuir tout-à-
coup, et sans même prendre le temps de quitter le costume de son rôle. Le Théâtre-Neuf,
tout entier, fut jeté dans la consternation ;
Guarsetto, indigné de la conduite de son ami,
se mit aussitôt à sa poursuite.

Bientôt Babeo fut obligé de venir annoncer
lui-même en tremblant, aux spectateurs, que
le chanteur Angelo Bagatini était, en ce moment, sur le point de rendre l'ame, ou peu
s'en fallait. Il lui était donc impossible d'a-
chever la pièce, et la très-respectable assistance était humblement suppliée de vouloir
bien remettre à la prochaine soirée l'audition
de la *Sicilienne* favorite, qui serait répétée
trois et quatre fois si on l'exigeait, en forme
de dédommagement.

En pareil cas, la populace de Naples avait

coutume de faire payer sa déception sur les épaules mêmes de l'entrepreneur, en escaladant le théâtre, et en l'accablant d'injures et de coups.

Mais, comme Bagatini était, en ce moment, l'idole du public, on voulut bien, pour cette fois, faire grâce à Babeo; et, avant de quitter la salle, on se contenta de l'accabler de malédictions et de briser ses banquettes. Le directeur jura bien en lui-même de faire payer ce désastre à son indigne chanteur.

## XIII.

## LE SPADASSIN.

On devinera, sans doute, l'abattement et la surprise qui s'emparèrent de notre héros, lorsqu'il se trouva seul, au milieu de la nuit, en souliers rouges, une longue rapière au côté, son manteau de théâtre sur ses épaules, dans le *vico* détourné où donnait la petite porte du Théâtre-Neuf.

En rassemblant ses idées un peu confuses, il parvint enfin à se rappeler qu'il venait de quitter la scène, sans but, sans réflexion; seulement parce qu'il lui avait semblé trop cruel d'avoir à dire un air où se trouvaient dépeints la tendresse et le bonheur d'un amant s'unissant enfin à celle qu'il aime, lorsqu'il avait, au contraire, dans le cœur, toutes les peines et les tourments d'un amant désolé.

Il ne put s'empêcher, en même temps, de frissonner et de pâlir, en songeant aux résultats funestes que cette fuite aurait, sans doute, pour Babeo. Déjà, en prêtant l'oreille, il entendait, dans l'intérieur du théâtre, le tumulte et les cris d'indignation des spectateurs. Comment douter qu'après une pareille équipée sa radiation de la liste des chanteurs du Théâtre-Neuf ne fût déjà un point résolu dans l'esprit de Babeo? Il allait donc perdre à la fois son engagement, sa gloire, son gagne-pain, et peut-être même se voir mettre en prison ou traduire en justice.

« Maudit Burchiello ! » s'écria-t-il du ton de l'indignation, « toi seul me vaux tout cela; c'est ton infernale jalousie qui, sans doute, aura empêché la Gabrielli de se rendre ce soir au Théâtre-Neuf, comme elle me l'avait promis... C'est toi, indigne chanteur, qui m'as fait manquer mon rôle et seras cause que Babeo me chassera de sa troupe... Oh ! mais patience, sache bien que je suis à bout : je ne suis pas homme à me laisser plus long-temps persécuter par toi !... Et là ! où tu espérais trouver toujours un agneau craintif et timide, tu pourrais bien, à la fin, trouver un tigre furieux déchaîné contre toi... »

Tout chanteur qu'il était, Angelo était, par moments, brave et résolu, surtout quand il n'était pas en présence du danger. Or, tout en parlant ainsi, il pressait contre lui-même

la garde de l'épée qu'il portait au côté. Il lui
semblait que le moment était enfin venu de
songer à s'en servir.

D'ailleurs, depuis quelque temps, soit chagrin, soit bizarrerie naturelle, il s'abandonnait parfois à d'étranges accès de fureur. Une
circonstance, indifférente en apparence, allu-
mait dans ses yeux une étincelle subite; ce qui
faisait dire à quelques chanteurs jaloux, il
est vrai, de son mérite, qu'au lieu d'invoquer
le Christ et la sainte Vierge, avant de chanter
ses airs de bravoure, suivant l'usage des virtuoses de ce temps-là, Angelo Bagatini avait
bien plutôt l'air d'invoquer Belzébut et les
puissances de l'enfer.

C'était l'enfer assurément qui guidait les
actions et les pensées de notre héros, lorsqu'il
prit la résolution folle et désespérée d'aller
trouver aussitôt le professeur Burchiello, afin
de le provoquer, l'épée à la main, fût-il, en

ce moment même, occupé à donner sa leçon à
son élève la Gabrielli.

Burchiello habitait, dans le haut de la rue
appelée *Vicolo de' Greci,* une chambre voisine
des astres. Bagatini se mit à mesurer la maison
du regard et ne put se défendre d'un certain
mouvement d'effroi, lorsqu'il vit briller une
lumière à l'appartement que Burchiello occupait. Il se remit cependant, en songeant que
le professeur était vieux et voûté, et, par conséquent, peu redoutable.

Puis, bénissant le ciel qui lui offrait l'occasion de ne point ajourner sa vengeance, il
s'élança courageusement dans un escalier si
obscur et si escarpé, qu'il eût volontiers
figuré, à côté du Mont-Ménale, parmi les
douze travaux d'Hercule.

Arrivé au sommet de la montée, Angelo
alla frapper à une dernière porte, qu'il sup-
posa devoir être celle de Burchiello.

En entrant, il fut un peu déconcerté d'abord
de trouver son rival armé d'une large paire de
lunettes et pacifiquement assis devant une
table couverte de plumes de cygne et de papier
réglé, dans l'attitude d'un professeur de chant
consacrant ses veilles à composer des solféges
destinés à ses élèves.

Angelo, toujours enflammé de colère, résolut cependant de modifier un peu le genre
de provocation qu'il voulait adresser au professeur.

« Burchiello , » dit-il en grossissant sa
voix , « tu vois en moi l'homme de la terre le
plus amoureux... Tu sauras que j'adore la
Gabrielli et n'ignore pas que tu mets tout en
œuvre pour m'empêcher d'arriver jusqu'à
elle... Mais il vaut mieux, crois-moi, me céder
la place de bonne grâce , ou me la disputer
avec des armes dignes de nous , que de recourir à des persécutions perfides et détour-

nées... Tu as été chanteur au Théâtre du Roi,
et même, dit-on, chanteur de mérite; moi, je
ne suis, il est vrai, que virtuose du Théâtre-
Neuf; malgré cela, voici le défi que je te propose : nous chanterons, si tu veux, l'un après
l'autre, devant la Gabrielli. Elle sera notre
juge... Si c'est moi qui chante le mieux, alors
tu me céderas la place et tu me laisseras posséder seul son cœur et son amour... Si, au
contraire, c'est moi qui suis vaincu, je te cé-
derai la place et fais le serment de ne te témoigner ni haine ni vengeance... Cela n'est-il pas
bien trouvé, et une pareille lutte ne convient-
elle pas à deux musiciens tels que nous ?...
Acceptes-tu ? réponds... »

Burchiello ne put s'empêcher de rire de
l'extrême volubilité avec laquelle Angelo venait de prononcer cette provocation.

« Permettez-moi, » reprit-il froidement,
« seigneur Bagatini, de ne pas répondre d'a-

bord à la singulière proposition que vous me
faites. Vous êtes jeune, et votre astre de chanteur est au plus beau moment de sa carrière ;
moi, je vois, au contraire, le mien qui appro-
che, chaque jour, de son déclin ; en un mot,
je me sens vieillir : la lutte entre nous ne serait pas égale... Quant à la demande que vous
me faites, de vous céder la place auprès de la
veuve de l'orfèvre, qui donc vous empêche de
la prendre?... Voyez la Gabrielli, parlez-lui,
si bon vous semble ; je ne prétends pas y mettre
obstacle... Seulement, vous comprenez que je
ne puis, en conscience, quitter les écolières
jeunes et belles, que le ciel voudra bien m'en-
voyer, parce qu'il aura plu à un cavalier jeune
et ardent, tel que vous, d'en devenir amoureux et de confondre en moi l'amant favorisé
avec le très-humble et très-pacifique professeur
de musique. »

Le ton demi-railleur que Burchiello mit à

cette réplique ne fit qu'augmenter encore la
colère d'Angelo, qui devenait plus hardi à mesure qu'il remarquait l'humeur calme et pai-
sible du professeur.

« Nous savons bien, » s'écria-t-il, « maudit professeur, quel rang tu occupes dans le
cœur de la Gabrielli!... Ne cherche pas à nous
tromper, et puisque tu ne veux pas accepter
la lutte que je te propose, je te forcerai bien
à ne pas refuser cet autre défi... Ici même,
sans délai, entends-tu? nous allons croiser le
fer; c'est ainsi que je prétends te disputer la
Gabrielli... Allons, quitte bien vite tes plumes,
ton papier, abandonne cette table où tu sembles cloué...; prends ton épée et défends-toi.

— Comment! quoi donc?... Est-il possible! » s'écria Burchiello en pâlissant et d'une
voix effrayée; « que voulez-vous de moi, seigneur Bagatini?

— Je veux me battre avec toi, te punir

comme tu le mérites, et me venger ainsi de tout le mal que tu m'as fait...

— Mais je vous jure, seigneur Angelo, encore une fois, que je n'ai jamais été que le professeur et rien que le professeur de la Gabrielli... Faut-il vous le jurer?...

— Non, ne jure pas, dégaine au plus vite... Où est ton épée?...

— Une épée! eh! bonté du ciel! je n'en ai jamais porté!...

— Alors, meurs donc, misérable! meurs, puisque tu veux être à la fois l'homme le plus traître et le plus impudent qui ait jamais fait le malheur d'un amant outragé! »

Notre virtuose s'élance en même temps sur Burchiello, qui cherche vainement à se réfugier derrière son clavecin, et plonge son épée jusqu'à la garde dans le cœur de l'infortuné professeur. Puis il sort en s'écriant d'une voix triomphante :

« Voilà, voilà, comment les chanteurs du Théâtre-Neuf savent se venger des chanteurs du Théâtre du Roi, qui les bravent. »

# XIV.

## BURCHIELLO.

Après un si grand forfait, Angelo courut comme un forcené une partie de la nuit, à travers les rues de Naples, sans trop se rendre compte des endroits où il passait, cherchant seulement à se soustraire aux premiers remords qui déjà le poursuivaient. Il se figurait

à chaque instant entendre derrière lui le fantôme de Burchiello qui lui criait : « Arrête,
vil meurtrier, arrête; va, tu as beau chercher à m'échapper; je saurai bien t'atteindre
tôt ou tard, et te faire traduire, comme tu le
mérites, devant *la Camera Reale.* »

Chaque poteau, chaque muraille se méta-
morphosaient à ses yeux en autant de sbires
mis à sa poursuite. Il leur eût volontiers de-
mandé grâce, et dans sa frayeur se fût préci-
pité aux genoux du premier venu, au risque
de se dénoncer lui-même.

Enfin, après bien des inquiétudes et des
circuits, il arriva à la place *del Castello.*
Comme il craignait que le sang de Burchiello
n'eût rejailli sur lui, il courut à la fontaine
Medina, et se lava les mains et le visage pour
effacer au moins les traces de son crime.

Enfin, abattu par la fatigue et la crainte,
il se laissa tomber à côté de la fontaine, où il

s'endormit entouré des plus tristes images, s'attendant bien à être livré le lendemain à la justice.

A son réveil, il s'étonna d'avoir dormi si longtemps, et de se retrouver couché au milieu de quelques gens du peuple, étendus, comme lui, à terre; les uns ronflant encore de toutes leurs forces, les autres commençant à secouer leurs cheveux humectés par la rosée, et détendant leurs membres engourdis aux premières lueurs de l'aurore qui dorait leur visage.

« Eh bien! Casti, » dit l'un d'eux, en agitant la corbeille où son voisin dormait, « que prétends-tu faire aujourd'hui?... Veux-tu venir à la pêche avec Frisi, dans le golfe, ou si tu préfères essayer d'offrir tes deux bras aux architectes de *Capo di Monte*?...

— Je veux dormir, camarade, » interrompit brusquement Casti, en se retournant dans

sa corbeille, « jusqu'à ce que le soleil ait
atteint cette ligne blanche que tu vois là, au
milieu de la place. Je dormirai du plus profond sommeil tant que je pourrai... Adieu...

— Adieu donc, chien maudit, » reprit
Boufili, « va, puisses-tu ne pas manger de
trois jours pour t'apprendre à me laisser
porter seul tous les fardeaux!... Je n'ai jamais
vu de plus grand dormeur ni de plus inutile
associé que toi...

— D'où viens-tu donc, l'ami? » dit, en se
frottant les yeux, le marchand de fleurs Granito à un homme en guenilles, qui passait en
ce moment sur la place, en tenant ses deux
petits enfants par la main.

« Je viens de l'île de Procida...

— Et qu'y fait-on maintenant?...

— On court le risque d'y être mangé par
les taupes et les belettes, depuis que notre

bon roi Charles y a proscrit l'usage des chats,
qui, dit-il, dévorent ses lapins... »

Cette nouvelle singulière excita l'hilarité
de toute la troupe. On sait que les Napolitains,
surtout quand ils viennent de dormir, ne lais-
sent guère échapper l'occasion de rire. « Ras-
surons-nous, » reprit Casti d'un ton comique ; « si l'on proscrit les chats, nous n'avons
rien à craindre ; car tous, tant que nous sommes ici, nous ne valons guère mieux que des
chiens [1]. » Cette plaisanterie, intraduisible en
français, fut accueillie par de nouveaux rires.
Ces braves gens causèrent encore de choses et
d'autres , parlèrent longtemps de rats, de
taupes et de belettes, jusqu'à ce que le soleil
eût illuminé une partie de la place ; ce qui
obligea plusieurs d'entre eux à aller se cou-
cher ailleurs.

Cependant notre héros, toujours assis de-

[1] Imité du *Dramma Giocoso* de G. Mammione.

vant la fontaine Medina, les mains croisées
sur ses genoux, écoutait cet entretien, sans
avoir la force d'y prendre part.

« Hélas ! » disait-il tristement en lui-même,
« hier, à cette heure, j'étais heureux et libre
encore de parcourir cette place sans avoir rien
à redouter, que peut-être la rencontre d'un
juif qui m'avait avancé quelques carlins dans
le temps de ma détresse!..; tandis qu'aujour-
d'hui me voilà Angelo Bagatini l'assassin. Mon
nom va être bientôt affiché au coin de toutes
les rues de Naples comme celui du meurtrier
de Burchiello... Ah! Guardono, et toi, Grilli,
vous me disiez vrai; pourquoi ai-je méprisé vos
prophéties ? J'avais tort de trop compter sur
la fortune. »

Il cacha sa tête dans ses mains d'un air désespéré, et reprit d'une voix plus douce :

« Où es-tu maintenant, chère Gabrielli !
belle et tendre amante ! Hier aussi, je pouvais

t'aimer encore; je n'avais pas perdu le droit
de paraître devant toi...; tandis qu'aujour-
d'hui il me faut fuir, me soustraire à tous
les yeux. Où me cacher? Il faut que j'efface
de ma mémoire jusqu'au jour où je t'ai revue
pour la dernière fois... Ah! que diras-tu
quand tu sauras que je suis le meurtrier de
ton infortuné professeur; moi, Bagatini, qui
ai immolé si cruellement ce pauvre homme à
mon aveugle et maudite jalousie? »

Enfin, après avoir déploré son sort, il
jugea que le plus prudent était de quitter
Naples ce jour même, afin de se dérober aux
suites de cette mauvaise affaire.

Il se rendit chez lui afin de changer ses vêtements de théâtre, et prendre le peu d'habits
qu'il possédait. Comme il mettait le pied sur
le seuil de l'auberge du *Pigeon d'Or*, la dame
Babaccio, son hôtesse, lui remit un billet soi-
gneusement plié, « qui, » disait-elle, « avait

été apporté pour lui la veille, une heure avant minuit. »

Ce billet était signé *Adelina Gabrielli*, et contenait, avec l'assurance du plus tendre amour, un aveu sincère et de vifs reproches sur l'inexactitude du seigneur Angelo à venir au rendez-vous qui lui avait été donné sur la route de Pouzzol.

« Les chanteurs à la mode, » ajoutait la Gabrielli, « ont souvent plus d'une intrigue à la fois ; et, sans doute, une autre aventure avait empêché le brillant virtuose de se rendre aux vœux d'une femme qui l'aimait depuis longtemps sans oser le lui dire. Pourtant, ne fût-ce que par simple courtoisie, ne devait-il pas faire tenir au moins une réponse à celle qui l'avait attendu seule, et fort avant dans la nuit, au palais de la rue du *Monte-Oli-vetto*. »

Angelo eut à peine achevé la lecture de

cette lettre, qu'il fit aussitôt, en signe de joie,
plusieurs cabrioles qui donnèrent à penser à
la dame Babaccio que le pauvre chanteur avait
perdu la raison. Mais, presqu'en même temps,
les épithètes de *bélître, lourdaud, niais, stu-
pide* s'échappèrent de ses lèvres. Ces injures
s'adressaient à lui-même et à son peu de sa-
gacité, dont il n'avait jamais si bien apprécié
le triste résultat.

Comment, en effet, n'avait-il pas compris
que, par ce simple mot : « *A ce soir!* » jeté
à la promenade, du haut de son *calessino*, la
Gabrielli n'avait pu ni voulu entendre sa loge
au théâtre, lieu de rendez-vous fort peu convenable pour un entretien amoureux, mais
bien plutôt son palais, où elle devait attendre
l'heureux chanteur à la suite du spectacle ?

« Ah! quelle disgrâce ! quelle disgrâce ! »
répétait sans cesse notre héros, en relisant le
tendre billet d'Adelina.

En effet, sans ce malentendu, que d'événements funestes n'eût-il pas évités !

D'abord il n'eût pas loué, en pure perte,
un habit magnifique qu'il n'osait plus maintenant rendre au fripier, tant il était pou-
dreux et fripé, puisqu'il avait passé la nuit
en plein air.

Il se fût, en outre, épargné un *crescendo*
de soupirs et de plaintes en attendant vainement la Gabrielli pendant toute la représentation de *la Sposa fedele*.

Il n'eût pas quitté le théâtre avant la fin
de la pièce de manière à attirer, sans doute,
une bastonnade sur les épaules du directeur
Babeo...

Enfin, calamité bien plus grande, il n'eût
pas éprouvé ce violent accès de rage qui l'avait
porté à tuer l'infortuné Burchiello, auteur
innocent de tant de malheurs.

Malgré tout cela, il se sentait aimé de sa

chère Adelina. Cette lettre le lui prouvait; et
cette pensée suffisait presque pour lui faire
oublier cette longue suite de malheurs et d'inquiétudes 'où il se voyait jeté.

Il prit donc la résolution de se rendre au
palais de la Gabrielli, au moins pour s'excu-
ser près d'elle et lui faire comprendre qu'il
n'avait manqué au rendez-vous de la nuit dernière que faute de l'avoir comprise.

Penser à l'amour et avoir un meurtre à se
reprocher. Quel endurcissement!

Autrefois, notre héros n'eût pas manqué,
avant de se rendre près de sa bien-aimée,
d'aller au moins se confesser à l'église voisine; mais, comme il se croyait entièrement
perdu pour le ciel, et qu'un crime engendre
presque toujours d'autres crimes, au lieu d'entrer dans une église, il entra chez un barbier,
afin de se rendre digne de paraître devant la
Gabrielli.

« Elle n'a sans doute pas encore appris la nouvelle de la mort de Burchiello, » se disait-il pendant qu'on le rasait ; « et, en attendant que mon crime se découvre, autant vaut-il toujours profiter d'un bonheur que l'amour et le ciel m'envoient. »

Déjà notre héros, le cœur plein de sa passion et de la plus douce attente, était au sommet de la rue Monte-Olivetto, et se trouvait devant la maison occupée par la Gabrielli ; il s'arrêta un instant pour respirer, car la course était longue et la chaleur extrême.

La Gabrielli, pour le dire en passant, qui a eu tant d'influence sur la destinée de quelques chanteurs de ce temps-là, n'était point belle, comme on le prétendait alors à Naples. Une physionomie presque toujours en mouvement, une certaine inquiétude dans le regard lui communiquaient une expression qui inspirait autant la crainte que le désir. On

n'eût pas dit, en la voyant, une créature faite
pour l'amour; ses gestes, ses yeux annon-
çaient une femme d'une humeur changeante,
mobile, peut-être même un peu perverse.

Cependant, au milieu de tant de défauts,
on découvrait aussi, dans toute sa personne,
une grande bonté, et même une grace particu-
lière qui ne pouvait appartenir qu'à la Gabrielli. Ses yeux étaient, il est vrai, inquiets,
hagards, mais si grands, si beaux; son sourire
était, en outre, le plus touchant qui se pût voir.

Fille de Torsillo le tailleur, Adelina avait
quelquefois aussi dans ses discours une gravité qui eût presque convenu à une dame
d'honneur de la reine, et contrastait singuliè-
rement avec la passion qu'elle nourrissait
depuis longtemps pour le chanteur Bagatini.

L'aimable et touchante créature! Et n'a-
t-on pas bien raison de soutenir quelquefois la

supériorité des femmes de Naples sur celles
des autres pays? Ailleurs, elles sont fières de
ne point savoir aimer; là elles ne sont glo-
rieuses que de leur amour.

Adelina, ne connaissant point l'art de la dis-
simulation et des détours, fit entendre un
cri de joie et sourit tendrement lorsqu'elle
vit entrer chez elle Bagatini, mal vêtu, il est
vrai, mal chaussé, mais beau comme l'a-
mour. Elle ne sut ni baisser la tête d'un air
interdit, ni affecter une certaine froideur que
les femmes de Milan empruntaient alors déjà
aux femmes de France. Elle se mit à le regarder avec tendresse et à lui avouer, tandis qu'il
la pressait contre lui-même, que depuis longtemps elle s'était laissé séduire par le charme
de sa voix et de sa figure.

Tant que le seigneur Gabrielli vivait, elle
n'avait pu se décider à lui découvrir son
amour; car elle détestait et respectait à la fois

son mari. D'ailleurs, il la battait quelquefois,
dans ses accès de jalousie. Mais maintenant
que l'orfèvre n'était plus à craindre, à quoi
bon se contraindre? Pourquoi, quand on
s'aime éperdument l'un et l'autre, tarder
plus longtemps à se le dire? « Mais point
d'inconstance, surtout point de perfidie. Hélas! les chanteurs savent aimer, et souvent
plus que personne; mais souvent aussi leur
amour ne dure qu'un temps. »

Que fit, que pensa Bagatini en entendant
cette femme, si belle et si aimable, lui parler
ainsi de sa flamme! Il sentit d'abord son cœur
gonflé d'orgueil, en songeant aux richesses
que l'orfèvre Gabrielli étalait autrefois dans
sa boutique. Mais il pensa aussi au temps où
le tailleur Torsillo était placé devant son
échoppe dans *la Strada de' Mercanti*, regardant à chaque instant sa pie qui causait avec
tous les passants, tandis que sa fille Adelina,

12

osant à peine lever les yeux, travaillait à ses
pieds, sans relâche, en fredonnant de petits
airs. Ces souvenirs diminuèrent un peu l'orgueil de notre héros. Il faut dire aussi que
dernièrement, à un rendez-vous pareil, il
avait été rudement bâtonné par un amant
jaloux, placé en embuscade dans une chambre
voisine.

Bientôt, cependant, il parvint à surmonter
une certaine inquiétude que lui causaient les
regards singuliers de la Gabrielli. Il se montra
tel qu'il était, aimant, sensible, quand son
orgueil ne l'aveuglait pas.

A la prière d'Adelina, il chanta plusieurs
airs passionnés qui achevèrent de jeter le
trouble dans son cœur. Déjà même il était à
ses genoux, et commençait à couvrir ses mains
de baisers, lorsqu'il se leva, tout-à-coup, d'un
air effaré... Il recula de quelques pas, en pous-
sant un cri d'horreur. Il croyait voir le gibet

se dresser devant lui; il apercevait le fantôme de Burchiello, qui le poursuivait, et entendait les mots de *meurtrier*, de *coupable*, d'*assassin*, tinter à son oreille.

La Gabrielli ne put retenir, elle-même, un cri de surprise, lorsqu'elle le vit s'éloigner d'elle brusquement, et courir, comme un fou, autour de l'appartement, cherchant un meuble, une table où il pût se cacher, tant il était assuré que les sbires étaient dans la maison et allaient s'emparer de lui...

On venait de frapper trois coups à la porte.

« Je suis mort, » s'écria notre héros en se précipitant la face contre terre; « divine Providence, pardonne-moi mes péchés !... »

## XV.

### L'ACCUSATION.

« Eh ! qu'as-tu donc, mon bien-aimé, et pourquoi t'éloigner ainsi de moi ? » dit la jeune veuve en remarquant le mouvement de crainte qu'Angelo n'avait pu réprimer en voyant la porte de l'appartement s'ouvrir avec une certaine vivacité.

Notre virtuose s'empressa de sourire et d'affecter une entière sécurité, lorsqu'il vit paraître, au lieu des sbires qu'il redoutait, Costanza, jeune servante calabroise au service de la Gabrielli.

Cette jeune fille vint avertir sa maîtresse « qu'elle eût à ne plus attendre désormais son maître de musique, attendu que le seigneur Burchiello *venait de partir pour un grand voyage.* »

A ces mots, Angelo pâlit et frissonna de la tête aux pieds. « *Un grand voyage!* » Il n'avait jamais si bien compris le sens de cette façon de parler en usage chez le peuple de Naples, qui dit d'un homme mort subitement « qu'il a fait le grand voyage, ou qu'il est parti pour ce voyage dont on ne revient pas aisément. »

Angelo fut surpris, et conçut même des doutes sur le cœur de la Gabrielli, en remar-

quant le peu d'effet que produisit sur elle la
nouvelle de la mort de l'infortuné professeur.
De son vivant, Burchiello avait pu se croire,
cependant, au nombre de ses intimes amis.
Au lieu de pleurer sa mort, la Gabrielli se
contenta d'accorder, d'un ton léger, quelques
regrets aux leçons du professeur de chant dont
elle se voyait privée.

« Mais, » s'écria-t-elle aussitôt avec abandon, et en passant ses bras autour du cou
d'Angelo, « tu le remplaceras, toi, mon bien-
aimé. Cette voix pure et ces accents d'amour
que toi seul sais faire entendre valent mieux,
à coup sûr, pour former une bonne chanteuse,
que toutes les leçons des plus savants professeurs. »

A ces discours si doux et si nouveaux pour
son cœur, Angelo se crut transporté loin de
la terre. Dans son ivresse, il alla même jusqu'à croire que la Gabrielli, éclairée peut-être

par un sublime instinct de l'amour, avait en
partie pénétré le moyen un peu brusque employé par lui pour se débarrasser d'un rival
odieux.

« Sans doute, » pensait-il, « elle veut écarter tout ce qui se rapporte à un fait qui peut,
après tout, être considéré plutôt comme une
catastrophe malheureuse et imprévue que
comme un attentat prémédité. »

Ces réflexions mirent l'esprit d'Angelo tout-
à-fait en paix avec le fantôme de Burchiello.
Il consacra ses instants, toutes ses pensées
à sa chère Adelina ; et, pendant huit jours
entiers, il s'enivra du double bonheur de se
voir aimé éperdument de celle que l'on sur-
nommait autrefois, à juste titre, le plus beau
diamant de la *Strada de' Mercanti*, et de
trouver, dans son palais, un refuge assuré
contre la justice qui, sans doute, était, en ce

moment, à la poursuite du meurtrier de Burchiello.

Pendant ces huit jours passés l'un près de
l'autre, que de serments, que de tendres paroles, que d'airs, surtout, et de duos passionnés ils chantèrent, lorsque, mariant leurs
voix, ils cherchaient à faire passer dans leurs
chants l'ivresse et l'amour qui transportaient
leurs ames!

Angelo, devenu tout-à-coup professeur habile, se plaisait à donner encore plus de souplesse à la belle voix d'Adelina. Celle-ci ne se
lassait jamais de lui faire répéter les plus
agréables passages de *la Sposa fedele*.

Elle aimait à se rappeler ces jours mêlés de
plaisir et de contrainte, où, placée sous la sur-
veillance d'un vieux mari jaloux, elle attachait, du fond de sa loge, les plus doux regards sur le brillant virtuose dont la voix faisait alors la fortune du Théâtre-Neuf.

« Ah! jure-moi, » lui disait-elle parfois avec un tendre abandon, « jure-moi que tu m'aimeras toujours! et si jamais une autre femme que moi devait m'enlever ton cœur, donne-moi la mort plutôt que de m'abandonner. »

Peut-être eût-on pu accuser, en ce moment, la Gabrielli d'un peu d'exagération, puisqu'elle n'hésita pas, quelque temps après, à dire à notre héros, d'un air glacé:

« Adieu, Angelino, adieu; séparons-nous pour toujours... »

Ce changement, si brusque, plongea dans la peine le jeune chanteur.

« Eh! quoi! » s'écria-t-il, « que dis-tu? tu me chasses, tu m'ordonnes de m'éloigner, quand je sens mon cœur embrasé, pour toi, du plus vif amour...

— Mais, je ne t'aime plus, » reprit-elle, en le regardant d'un air de mépris, « je sens que mon âme est déjà refroidie pour toi... »

Elle mentait en parlant ainsi; elle l'aimait encore, mais elle n'écoutait, en ce moment, qu'un premier mouvement que venaient de lui causer certaines paroles que Bagatini venait de prononcer dans le plus bas patois des faubourgs de Naples.

Après tout, pourquoi le nier? ses manières étaient celles d'un homme du peuple, pourvu, seulement, d'une grande sensibilité. Comme il ne manquait pas d'une certaine souplesse, il montra tant de regret d'avoir parlé dans ce patois grossier, il promit si bien à l'avenir d'être aussi fin et aussi choisi dans ses paroles qu'un petit-maître de Chiaja, que la Gabrielli voulut bien lui pardonner. Mais elle ne laissa pas de pincer sa petite bouche, devinant déjà une partie des défauts de son nouvel amant.

Cependant celui-ci, un peu confus de cette mésaventure, se mit, pour réparer sa faute, à chanter avec toute l'âme et la force qu'il savait déployer lorsqu'il voulait étouffer en lui quelque peine secrète. Eh! comment ne pas pardonner alors à un si grand virtuose? Tout-à-l'heure, lorsqu'il parlait, c'était l'ancien baladin de la Sorbetteria Grande; mais, à présent qu'il chante, c'est un dieu.

« Ma bien-aimée, » s'écria-t-il avec transport, « Dieu veuille qu'un autre chanteur, fût-il plus habile et plus fameux que moi, ne possède jamais la place que j'occupe maintenant dans ton cœur!... Grâce à ta tendresse et à mon titre de premier virtuose du Théâtre-Neuf, mon courage s'élève, et il me semble que je ne craindrais pas de me mesurer même

contre les meilleurs vocalistes du théâtre Saint-
Charles. »

Ainsi ces deux amants échangeaient, sans
cesse, ces tendres reproches, et ces plaintes
que deux âmes bien unies se plaisent à mêler
quelquefois aux plus douces expressions de
leur amour.

Ce bonheur eût duré longtemps encore,
sans doute, s'il n'eût été troublé par l'arrivée
d'un messager malencontreux, qui vint arracher le jeune virtuose des bras de son enchan-
teresse.

Costanza vint lui annoncer, un jour, qu'un
homme d'assez mauvaise mine demandait,
avec empressement, le seigneur Angelo Bagatini, « qu'il avait, » disait-il, « vainement
cherché, depuis huit jours, dans les auberges,
les tavernes, et même les maisons les plus
escarpées du quartier de *Pontoscuro*. »

A cette nouvelle, Angelo se trouva tout-à-coup rejeté dans les mêmes craintes qu'il avait déjà ressenties quelques jours auparavant. Plus d'amour, de tendres entretiens ; les sbires, Burchiello, la Camera Reale lui apparurent de nouveau à la fois. Il se vit condamné à mort, et eut d'abord la pensée de se cacher ; car c'était à ses yeux le plus sûr moyen de se soustraire à ce danger pressant. Mais il pensa, en même temps, que ce serait révéler à son amante un fait qu'elle ignorait, saus doute, et perdre un cœur qui avait failli déjà se détacher de lui.

Il préféra donc faire bonne contenance, et s'en sut bon gré, lorsqu'en abordant celui qu'il prenait pour un sbire il reconnut Razellino, le balayeur du Théâtre-Neuf, qui le priait instamment de vouloir bien se rendre, sans délai, auprès de l'entrepreneur Babeo.

Bagatini prit aussitôt congé de la Gabrielli, en lui promettant de revenir où l'amour l'attendait, aussitôt qu'il aurait terminé l'affaire pour laquelle Babeo le mandait.

A peine fut-il sorti du palais, que, sentant renaître ses craintes, il s'enfuit à toutes jambes par des rues détournées en criant de loin à Razellino :

« L'ami, va dire au seigneur Babeo qu'une raison, que je ne puis te dire, m'empêche de me rendre incontinent auprès de lui... Mais avant deux heures, je me trouverai au théâtre, et prêt à exécuter tout ce qu'il lui plaira de m'ordonner. »

## XVI.

### HAMOUSSEB.

On a déjà deviné, sans doute, la raison qui força Angelo à quitter ainsi brusquement le balayeur Razellino, en sortant du palais de la Gabrielli. Avant de se rendre près de Babeo, il voulait d'abord sonder un peu le terrain, et voir s'il n'y aurait pas quelque danger pour lui à se montrer à visage découvert dans les rues de Naples.

Il arriva, par une suite de défilés et de passages détournés, à la rue de Tolède, où il aperçut le patron de la Sorbetteria Grande, le brave Mala Gamba, qui sortait, en ce moment même, du palais Monte-Leone, où il venait d'apporter plusieurs sorbets qui lui avaient été commandés la veille.

Angelo, connaissant l'amitié à toute épreuve que lui portait Mala Gamba, pensa avec raison que, s'il courait quelques mauvais bruits sur son compte, le patron de la Sorbetteria Grande ne pouvait manquer d'en être instruit.

Il n'hésita donc pas à l'appeler par son nom et à lui faire signe de s'approcher.

« Eh quoi ! seigneur Bagatini, » s'écria le cafetier, en courant à sa rencontre aussi vite que le lui permettait sa mauvaise jambe, « se peut-il que vos succès au Théâtre-Neuf vous fassent ainsi négliger vos amis de la Sorbetteria Grande; moi, surtout, qui ne cesse de regretter le temps où vous nous égayiez avec vos danses et vos airs charmants du matin au soir?... »

Angelo comprit ainsi qu'il n'y avait encore rien à craindre pour lui, et que le plus sûr, même, était de marcher tête levée dans les rues, pour ne pas éveiller les soupçons.

Il pensa ou que les *scrivani* n'avaient pu parvenir à se mettre sur les traces du meurtrier de Burchiello, ou que peut-être la police, devenue fort négligente depuis les derniers troubles de Naples, s'était contentée de faire extraire le corps du professeur de sa chambre solitaire du *Viccolo de' Greci*, et de l'ensevelir sans s'informer de son genre de mort.

« Eh ! vous voilà ! seigneur Bagatini, » lui cria-t-on dès qu'il fut sous la tente de la Sor-

betteria Grande; « en vérité, nous nous pré-
parions à mettre sur pied tous les estafiers de
la ville pour découvrir votre retraite, et vous
supplier de ne pas nous priver plus longtemps
des délices et de la perfection de votre sublime
voix. »

Angelo reconnut, à ces paroles, les deux
Levantins qui l'accostaient toujours pour l'accabler de louanges exagérées mêlées à quelques censures pleines d'amertume.

Dans sa simplicité, il les croyait sorciers
et leur supposait le don de lire dans la pensée
d'autrui; aussi craignait-il qu'ils ne fussent
instruits déjà de l'affaire qui l'inquiétait. Son
agitation fut à son comble, quand l'un d'eux
(Hamousseb) reprit, en attachant sur lui un
regard pénétrant :

« Il a sans doute fallu quelques raisons bien
fortes, seigneur Bagatini, pour vous tenir
aussi longtemps éloigné de la scène, où vous

appelaient, chaque jour, les applaudissements
et l'impatience du public?...

— Quoi donc! que voulez-vous dire, seigneur étranger?... » reprit Angelo en bal-
butiant.

— Je veux dire, » ajouta Hamousseb, « que
l'amour est souvent un bon maître pour un
jeune virtuose tel que vous, mais que souvent
aussi il fait payer bien cher ses leçons... Enfin, seigneur chanteur, nous n'ignorons pas
que vous venez de passer plusieurs jours
auprès de la Gabrielli, dont vous êtes actuellement l'unique favori... Prenez garde;
il a couru d'étranges bruits sur le compte
de cette femme. Ensuite, on a vu souvent
les plus belles voix s'éteindre ou s'éclipser
subitement dans les délices de l'amour et
de l'oisiveté... Pourquoi donc vous arrêter
au milieu de vos triomphes, au moment où
il ne vous fallait plus peut-être que quelques

efforts encore pour mériter unanimement ce titre de grand vocaliste dont vous jouissez...; titre précieux, mais que la multitude distribue souvent avec tant de légèreté... »

Angelo fut piqué au vif de ces dernières paroles, qui donnaient à entendre que ces titres et ces honneurs pouvaient bien lui être contestés. Il évita, cependant, de parler de la Gabrielli, car il la regardait à la fois comme une amante et comme une protectrice.

Il se contenta d'affirmer aux deux étrangers que, si leur désir de le voir reparaître sur la scène était aussi sincère qu'ils le disaient, ils pourraient bientôt le satisfaire, puisqu'il se rendait, à l'instant même, au Théâtre-Neuf, pour tâcher de renouer avec Babeo.

« Le Théâtre-Neuf ! » reprit l'astucieux Noureddin. « Ah ! seigneur Bagatini, à présent que votre voix brille de tout son éclat,

que votre talent est tout-à-fait mûr, avouez
que la scène du Théâtre-Neuf est bien res-
serrée et bien étroite pour vous... Si nous
pouvions vous entendre dans une autre salle !

— Et laquelle ? » reprit Angelo.

« Mais, au Théâtre du Roi, là où ont
brillé les meilleurs professeurs de la scène napolitaine ; là où les grands et les nobles voient
s'ils doivent enfin adopter les jeunes virtuoses
qui n'ont encore reçu que les suffrages de la
populace sur les théâtres secondaires.

— Au Théâtre du Roi ! » s'écria Angelo,
d'un air d'étonnement. « Plaisantez - vous,
seigneur étranger? serai-je jamais jugé digne
de chanter devant un si illustre auditoire?...

— Pourquoi pas ? » reprit Noureddin ; « et
la preuve, c'est que Landini, l'entrepreneur,
qui est notre ami parce que nous lui avons
prêté quelquefois certaines sommes d'argent
sans intérêts, nous disait, hier encore : « Qu'est

donc devenu ce Bagatini, qu'on applaudissait,
avec tant de fureur, au Théâtre-Neuf? S'il
avait, par hasard, le désir de rompre avec
Babeo, de grâce! offrez-lui, en mon nom,
cinquante sequins par mois, pour chanter au
Théâtre du Roi. »

— Cinquante sequins ! » dit Angelo, d'un
air incrédule. « Est-il possible?...

— Oui; et la preuve, c'est qu'ils sont dans
cette bourse. Ils vous appartiennent, si vous
le voulez; les voilà... »

Angelo poussa un cri de joie et se jeta, avec
l'avidité du faucon, sur la bourse que lui tendait l'étranger.

Jamais, depuis qu'il avait embrassé la difficile carrière de chanteur, il n'avait possédé
tant d'argent à la fois. Ne sachant trop comment remercier Hamousseb de lui avoir né-
gocié un engagement aussi avantageux, il
voulait lui prouver sa reconnaissance en lui

remettant deux sequins, que celui-ci eut beaucoup de peine à ne pas accepter.

« Dites bien au seigneur Landini, je vous
prie, mon cher protecteur, » s'écria-t-il,
« dites-lui que je fais, dès à présent, partie
de sa troupe. Je me rends, de ce pas, auprès
du seigneur Babeo, pour lui dire que je ne
suis plus chanteur du Théâtre-Neuf. »

Angelo trouva l'entrepreneur Babeo dans
de meilleures dispositions qu'il n'aurait cru,
après sa disparition subite à la dernière représentation de *la Sposa fedele.*

Non seulement Babeo feignit d'avoir oublié
cette brusque évasion, mais il le reçut d'un
air satisfait et lui annonça même que, pour
récompenser son zèle, son traitement serait
désormais augmenté de quarante carlins par
mois.

Angelo se vit alors forcé de lui déclarer, en
affectant une vive douleur, qu'il quittait le

Théâtre-Neuf, parce qu'il venait de contracter
un engagement avec une autre direction.

A cette nouvelle, Babeo accusa le chanteur
d'inconstance, de légèreté, d'ingratitude, et se
décida à lui offrir vingt carlins de plus par
mois pour le retenir.

Mais Angelo coupa court à ses propositions
en lui montrant la bourse de cinquante sequins
que Noureddin lui avait remise, au nom du
seigneur Landini, comme à-compte du paiement qui lui était offert à titre de chanteur du
Théâtre du Roi.

A ce mot de Théâtre du Roi, Babeo s'in-
clina. Il comprit qu'il n'y avait rien à prétendre
à lui, entrepreneur d'un théâtre secondaire,
devant une concurrence si redoutable.

Au même instant, un brouhaha se fit entendre sur la scène. Les autres chanteurs vinrent embrasser Angelo et se mirent à le féliciter, tous à la fois, de son nouveau titre. Ces

braves gens paraissaient presque aussi fiers et aussi contents des honneurs de leur ancien camarade que s'ils les eussent eux-mêmes partagés.

Cependant Guarsetto prit Angelo à part : « Écoute, mon fils, » lui dit-il; « je suis vieux et plus expérimenté que toi; or, j'ai vu plus d'un virtuose, applaudi au Théâtre-Neuf, se perdre dans l'enceinte immense du Théâtre du Roi... Songe que ta voix a toujours été un peu faible, ménage-la, surtout en commençant, et ne va pas imiter ces fous de Vibieni ou de Frabacciello, du Grand-Théâtre, qui ne cherchent qu'à rappeler les cris du taureau dans leurs détestables airs de bravoure... »

Pandolfo, qui aimait sincèrement Angelo, en dépit de leur ancienne rivalité, lui donna quelques précieux avis, que celui-ci n'écouta pas, tant il était rempli de sa nouvelle dignité.

« Virtuose du Théâtre du Roi ! » répétait-il sans cesse, en se rendant auprès de Landini et en faisant sonner ses sequins dans sa poche. « Je vais donc bientôt marcher l'égal du fameux Senessino, de Quintini et de la Baratti elle-même... »

Cette idée, de chanter devant le Roi et la Cour, étouffait en lui un reste de crainte qui le poursuivait encore.

Le matin, il avait pris un long détour pour ne pas même voir le *Viccolo de' Greci*, et éviter la maison qu'habitait autrefois Burchiello. A présent, il n'hésita pas à passer dans la rue de l'ancien professeur, la tête haute, la contenance fière et sans presque éprouver de remords.

## XVII.

## L'EXIL.

Pauvre Gabrielli! âme noble et tendre!
que devins-tu, pauvre femme! en apprenant
l'élévation subite de notre héros? On dit qu'a-
lors l'inquiétude commença à s'emparer de
toi, tu t'alarmas, tu versas des pleurs; car tu
n'avais jamais si bien senti la force de ton

amour que depuis que tu prévoyais que l'inconstance ou la soif des honneurs pourraient
le troubler.

Après deux jours d'absence, Angelo revint
près d'elle, plus fier, plus glorieux que jamais;
la joie, qui remplissait son cœur, se pei-
gnait sur son visage, lorsqu'il lui annonça
qu'il appartenait maintenant au Théâtre du
Roi.

« Cher amant, » lui dit Adelina, « puisque la fortune n'a point cessé de te sourire
jusqu'à présent, pourquoi donc éprouver ses
rigueurs, peut-être, en t'exposant au juge-
ment d'une assemblée tout autre que celle
qui t'aimait et t'applaudissait au Théâtre-
Neuf? Est-ce que la tendresse de ta bien-aimée, est-ce que les applaudissements qu'elle
te prodigue sans cesse, ne te suffisent plus?...
Te l'avouerai-je, d'ailleurs?... je crains, par
moments, qu'en chantant sur le Théâtre du

Roi, devant les dames de la cour, tes regards ne se rencontrent avec ceux d'une autre femme plus belle et plus noble que moi, qui me disputera ton cœur, le possédera, et me l'enlevera, peut-être à jamais...

— Chère Adelina, » reprenait Angelo d'un air distrait, « va, ne t'inquiète pas du sort qui m'attend sur le Théâtre du Roi : il me semble que ma voix n'a jamais été plus belle ni plus brillante... La Reine, elle-même, ne pourra manquer d'être émue lorsqu'elle m'entendra chanter, avec le feu que me communiquera son auguste présence, cet air que tu te plais à me faire répéter si souvent :

« *Cara, cara, sempre più t'amo.* »

Angelo commença en même temps le motif du grand duo de *la Sposa fedele*, qu'il orna de tous les traits qui lui vinrent à l'esprit.

« Mais non , » interrompit-il bientôt d'un ton dépité, « le seigneur Hamousseb a raison; on ne saurait chanter ainsi, seul, dans l'étroite enceinte d'un appartement... Il me faut les applaudissements du public; il faut, pour soutenir mon ardeur, la présence de juges nombreux, qui battent des mains si je fais bien, qui me témoignent leur déplaisir si je fais mal. Ah! quand donc pourrai-je me faire entendre devant la Cour et le Roi?... »

Ainsi le pauvre Bagatini se trouvait jeté dans cette disposition d'esprit, heureusement fort rare chez un habitant de Naples, où l'amour de la gloire l'emporte sur le bonheur et la tendresse d'une amante. Chaque jour, quelque nouveau trait de froideur et d'ingratitude venait affliger la Gabrielli, qui ne pouvait penser, sans frayeur, à l'imprudence commise par Angelo, en se laissant engager au Théâtre du Roi.

Un jour que Bagatini chantait dans une chambre voisine, elle demanda au seigneur Maldonati, son oncle, s'il pensait qu'il dût réussir au Théâtre de la cour.

« Il se pourrait faire qu'il y fût bafoué, » reprit le juste et sévère Maldonati ; « ne vois-tu pas que l'haleine lui manque, et qu'ici même sa faible voix parvient difficilement jusqu'à notre oreille ? »

Cet arrêt ne fit qu'augmenter le trouble et le chagrin de la Gabrielli. « Il sera bafoué, » disait-elle, « et déjà il ne m'aime plus... Qu'ai-je fait au ciel pour me préparer ces deux malheurs ?... »

Disons cependant, pour justifier notre héros, que son changement ne devait pas être attribué seulement à son ambition. A chaque instant, le meurtre de Burchiello se présentait à son esprit, et cette fatale vision suffisait pour le troubler et communiquer à ses moin-

14

dres actions une sorte d'inquiétude irritante,
qui ne se concilie guère avec le charme d'un
véritable amour.

Cependant la Gabrielli espéra qu'une fois
introduit dans la troupe du Théâtre du Roi,
Angelo reviendrait à elle plus tendre et plus
soumis que jamais. Elle pensa qu'humilié,
vaincu, le jeune chanteur aurait, sans doute,
recours à la tendresse et à la fidélité d'une
amante, pour se consoler de la honte d'une
disgrâce.

Elle s'associa donc, sans regret, à l'ivresse
qui remplit son cœur, lorsque Landini lui fit
savoir qu'il eût à se tenir prêt, avant huit
jours, à remplir le premier rôle d'un opéra
sérieux du grand professeur Sacchini, qu'on
venait de remettre au théâtre exprès pour
ses débuts. Alors les échos du palais redirent,
du matin au soir, des phrases de chant et de
récitatif.

Pendant ces huit jours, la Gabrielli endura avec une constance sans exemple les expressions de fureur, les menaces, les malédictions musicales que son cher Angelo, transformé tout-à-coup en tyran fier et féroce, ne cessa de faire tomber sur sa tête, en invoquant, tour-à-tour et pêle-mêle, les ombres, les parques, les furies, l'enfer, et surtout les souvenirs du grand Porpora, qui seul pouvait donner à son élève la force et la hardiesse qui lui manquaient pour électriser le public du Théâtre du Roi.

La Gabrielli veilla ensuite au costume du virtuose : elle voulut attacher, elle-même, de sa belle main, le panache qui devait s'agiter avec grace sur la toque du jeune tyran ; elle lui acheta un manteau brillant de dorures, et des dentelles de la dernière magnificence.

Enfin tout était prêt, et notre héros voyait

déjà s'élever l'aurore du jour où il devait être
salué comme un des grands musiciens de la
troupe du Roi, ou bien honteusement chassé
comme un misérable transfuge du Théâtre-
Neuf.

Mais, ô fatal événement! contre-temps
cruel! il fallait être Angelo Bagatini, c'est-à-
dire le plus chanceux des hommes, pour se
voir accablé de cette nouvelle catastrophe.

Au moment où il se rendait au théâtre
pour y répéter une dernière fois, un sbire le
prit au collet, au détour d'une rue, et lui
dit d'une voix brusque :

« Halte là! seigneur Bagatini; un des juges
de la ville, Palpebra, vous mande sur-le-
champ, pour recevoir de votre bouche quelques renseignements au sujet d'un certain
maître de chant nommé Burchiello, disparu
depuis longtemps, et que vous devez connaître...

— Ah ! tout est fini, » s'écria notre héros en lui-même, « et voilà qui met un terme à mes inquiétudes !... »

# XVIII.

## LANDINI.

Le seigneur Palpebra était connu dans toute la ville de Naples par sa rigidité à remplir ses fonctions de magistrat.

« Vous avez connu le professeur de musique Burchiello? » dit-il à Bagatini d'un ton grave.

« Il est vrai, seigneur, » reprit ce dernier, plus mort que vif.

« Et est-il vrai aussi que vous ayez suivi, de même que Burchiello, la méthode de chant du grand maître Porpora?...

— Oui, seigneur...

— Eh bien ! à partir de demain, vous donnerez des leçons de musique à ma nièce Nina... Mais vous m'entendez, que les préceptes que vous lui donnerez découlent vraiment du pur et beau chant italien... Si, au lieu d'un professeur habile, je ne trouve en vous qu'un musicien médiocre, vous savez ce qui vous attend... Au surplus, allez; j'apprendrai à vous apprécier ce soir au théâtre... »

Angelo, en sortant de la maison du magistrat, avait peine à se tenir sur ses jambes.

« Il sait tout, » s'écria-t-il d'un ton lamen-

table, « il sait que je suis l'assassin de Burchiello; mais, comme il suppose que moi seul
suis capable de donner de bonnes leçons de
chant à sa nièce Nina, à la place du défunt
il veut bien épargner le meurtrier en faveur du
chanteur; mais à cette condition, sans doute,
que je me surpasserai, au Théâtre du Roi,
et me montrerai le digne élève du grand Porpora... Ah! funeste alternative, destinée maudite! Voir, dès demain, cette nuit, peut-être,
la justice s'emparer de moi, et me livrer, soit
au gibet, soit à la torture, si je ne chante pas
bien ce soir!

Il faut savoir que, malgré son orgueil et
ses desseins ambitieux, notre héros ne laissait pas d'avoir en lui-même un grand fonds de
paresse qui le faisait chanter souvent avec une
extrême négligence. Ainsi, lorsqu'au Théâtre-
Neuf il chantait avec plus d'ardeur que d'ordinaire, les habitués avaient coutume de dire

entre eux : « On s'aperçoit bien que Bagatini
est amoureux. »

Pour que le jeune virtuose déployât toutes
ses ressources, il fallait toujours qu'il fût
excité par quelque cause surnaturelle. Or,
l'idée de se voir pendre s'il chantait mal, et
d'avoir, peut-être, au contraire, quelques
droits à la clémence royale, s'il réussissait,
était un motif plus que suffisant pour l'engager
à ne rien négliger sur la scène redoutable où
il allait se montrer.

Lorsqu'il parut devant le public, il ne ressentit que peu d'émotion, mais, en revanche,
une grande frayeur, car il crut voir d'abord
l'œil menaçant du magistrat Palpebra qui
guettait sa proie, et semblait prêt à décider si
le meurtrier de Burchiello méritait quelque clémence en faveur du disciple de Porpora.

En même temps, il aperçut la Gabrielli,

placée dans une loge voisine du théâtre, qui lui souriait pour l'encourager. Il vit aussi ses amis du Théâtre-Neuf, assis aux dernières places, Pandolfo, sa femme, Casaccia et Babeo lui-même. Ils se disputaient vivement avec leurs voisins pour soutenir le mérite du nouveau chanteur, leur ancien camarade. Leur présence jeta dans l'âme de Bagatini de douces pensées et l'espérance du succès.

La vaste salle du Théâtre du Roi offrait le plus brillant spectacle. La cour assistait à cette représentation. Encouragé par la présence du Roi, Angelo commença un premier air, et il se montra, dès les premières notes, ce qu'il avait été sur la scène du Théâtre-Neuf, un des plus grands vocalistes qu'on eût jamais entendus à Naples; chanteur à la fois pathétique et affectueux, sachant répandre dans les âmes des auditeurs les sentiments les plus opposés, et mêlant avec une grace ex-

trème les fleurs du goût moderne à la sévérité
et à la haute science de l'ancien style.

La cour donna elle-même, plusieurs fois,
le signal des applaudissements.

Pendant la pièce, Angelo, soutenu par la
crainte de se voir pendre s'il chantait mal,
appela à son secours tous les efforts de sa
science et de son goût. Jamais les représentations de *la Sposa fedele* n'avaient pénétré son
âme d'une si douce joie. La Gabrielli fut si
émue du triomphe de son bien-aimé, qu'elle
poussa des cris au milieu de la représentation.
Il fallut l'emporter, presque évanouie, hors de
sa loge.

Les dames de la cour admirèrent surtout le
jeune virtuose, qui unissait tant de graces exté-
rieures à tant de bonne mine et à une si douce
voix ; elles remarquèrent avec plaisir qu'au
moment d'exécuter quelques passages difficiles, au lieu d'ouvrir la bouche avec effort,

comme les autres chanteurs, Angelo se contentait, au contraire, de l'ouvrir doucement, avec mesure, et de façon à former le plus agréable sourire.

Quand la pièce fut achevée, Angelo reçut, de la part de la Reine, une bague d'un grand prix, offerte comme gage de la satisfaction de toute la cour...

« Ah! viens, mon fils, mon cher interprète, viens que je t'embrasse, » s'écria, en pleurant, le vieux Sacchini, qui se trouvait alors sur le théâtre... « Il y a longtemps que je n'avais entendu exécuter ma musique d'une façon si touchante et si belle!... »

Angelo recevait, à chaque instant, de nouveaux honneurs et des félicitations de toute espèce. Chacun voulait voir celui qui était devenu tout-à-coup l'idole de la cour et la gloire du chant moderne. Mais le malheur voulut qu'en sortant il rencontrât Noureddin, qui revenait de *la Villa Reale*, avec sa lunette sous le bras :

« Bagatini, » lui dit-il, « je t'engage de nouveau à ne pas trop te fier à ta fortune... Songe au grand événement qui te menace. »

## XIX.

## LE VŒU.

La joie et les sérénades ont fui à jamais le palais de la rue de Monte-Olivetto. Pauvre Gabrielli! elle sent qu'elle a perdu son bien-aimé, depuis qu'il est devenu un des premiers chanteurs du Théâtre du Roi. Elle vient de faire l'aumône, pourtant, au mendiant Baratti, qui passe tous les jours sous ses fenêtres, et elle pense, en même temps, qu'Angelo l'a délaissée, comme il a délaissé jadis la Colombella, lorsqu'il devint l'idole du public du Théâtre-Neuf.

Pour le ramener à elle, la jeune veuve épuisa vraiment tout ce que l'amour a de plus tendre; elle lui rappela le temps où elle n'avait pas craint de lui ouvrir elle-même son cœur sans défiance.

« Ah! sans doute, il eût été plus constant si elle eût su lui résister, si elle n'eût pas préféré, de peur d'altérer son repos et sa belle voix, abréger pour lui le temps des soupirs et de l'attente ! »

Mais bientôt l'amante infortunée s'aperçut que son langage et ses reproches effleuraient à peine l'âme de l'orgueilleux Bagatini.

Au lieu d'un amant sensible et dévoué

qu'elle avait autrefois trouvé en lui, elle ne voyait plus maintenant qu'un petit-maître froid, tirant vanité de sa jolie figure, ambitionnant, avec les manières et le langage d'un homme du peuple, le titre d'*homme à bonnes fortunes*.

Les deux Levantins, les protecteurs, ou plutôt les persécuteurs de notre héros, devaient être encore accusés de ce surcroît d'orgueil. C'étaient eux qui, déjà, avaient commencé à troubler son esprit en lui persuadant qu'un chanteur du Théâtre du Roi ne pouvait se dispenser d'être aimé d'une femme de la cour. La tendre et aimante Gabrielli devait donc être répudiée, et une rupture franche et décisive mettre un terme à ses plaintes et à ses reproches.

Maintenant daignez jeter les yeux sur cet élégant *calessino* de louage, qui traverse la rue de Tolède, le jour de la fête du Roi. Il

passe au milieu de la bagarre et ne s'inquiéte
ni des cris des piétons, ni des malédictions
des autres cochers. ·

Un jeune homme est étendu fièrement dans
le fond de cet équipage. Il est vêtu d'un magnifique habit rouge, et caresse son menton
de la main gauche, en souriant : « Place!
place! » crie-t-il à tue-tête chaque fois qu'une
petite charrette, chargée de *fruits de mer*,
vient à se rencontrer sur son passage.

Ce seigneur n'est autre qu'Angelo Bagatini, qui a reçu son paiement ce matin même
des mains du directeur Landini. Voyez
comme il est fier; comme il détourne brusquement la tête lorsqu'il vient à passer devant un de ces marchands d'anchois, où il
se régalait autrefois, et presque toujours à
crédit, avant de monter la petite rue étroite
qui conduit au Théâtre-Neuf.

Mais le voilà qui tout-à-coup semble se

troubler et cache sa tête dans ses mains. Il
vient d'apercevoir, au milieu de la cohue, un
sbire qui s'est mis à le regarder d'un air menaçant. Hélas! il va s'emparer de lui, peut-
être; mais non, le sbire s'éloigne en se con-
tentant de murmurer entre ses dents contre
l'ancien chanteur du Théâtre-Neuf, qui semble
ne pas reconnaître son vieil ami Ciampuni.

Pourquoi fallut-il, hélas! que la joie de
notre héros fût troublée par un de ces accidents imprévus qui viennent, presque toujours, traverser les plus heureux évènements
de la vie?

Au moment où il allait entrer dans la rue
de *Chiaja*, voilà le *calessino* qui verse;
le bel habit rouge et le chapeau à plumes
sont gâtés et couverts de poussière.

La populace, reconnaissant alors le plus
mauvais sujet de Naples, Bagatini, l'ancien
danseur de la Sorbetteria Grande, qui ça-

chait ses traits sous un chapeau à plumes, faillit se jeter sur lui et le dépouiller de son habit de prince. Heureusement, Noureddin et Hamousseb, qui descendaient alors la rue, parvinrent à le protéger, et à calmer la fureur d'une multitude toujours un peu irritée de voir un pauvre diable chercher à paraître autre chose que ce qu'il est.

Les deux étrangers replacèrent le jeune chanteur dans sa voiture, et lui dirent à l'oreille : « Bravo, Bagatini, tout va bien ! la comtesse Magdalino vient, tout-à-l'heure, d'admirer votre bonne mine, quand vous traversiez la rue de Tolède. »

Le pauvre Angelo ne les entendit pas ; car sa chute l'avait fort étourdi. Il reprit tristement le chemin de l'auberge du *Pigeon d'Or*.

Hâtons-nous de le dire, ce nouveau luxe et cet étalage n'avaient point seulement, chez

lui , un but d'ostentation et de vanité ; à
force d'entendre répéter aux deux Levantins
que tous les grands chanteurs devaient sub-
juguer quelques dames de la cour par le mérite de leur personne et de leur voix , il avait
laissé cette idée occuper entièrement l'espace,
naturellement un peu étroit, de son cerveau.

« En effet, » se disait-il, « qu'est-ce donc
que bien chanter? c'est un mérite donné à tout
le monde... Mais avoir pour maîtresse une
femme noble , pouvoir traverser avec elle la
rue de Chiaja, éclabousser les passants dans
son carrosse, en riant de leurs menaces et de
leurs malédictions, voilà qui est flatteur et
mérite d'être recherché!... »

Comme il voyait, depuis un certain temps,
chaque évènement de sa vie lui sourire, il se
flatta d'un espoir qui paraîtra inimaginable,
sans doute, aux gens qui ne connaissent pas

les aventures du chanteur contemporain As-
soni et de tant d'autres.

Angelo, dans sa confiance un peu naïve, se
figura donc que, chaque fois qu'il jouait un
certain rôle plus tendre que les autres, une
des dames d'atours de la Reine attachait sur
lui des regards expressifs et passionnés. Et
voilà pourquoi il affectait maintenant ces airs
d'homme de cour. Il regardait cette passion
comme le couronnement nécessaire de ses
triomphes et de ses succès de théâtre.

La comtesse Magdalino était citée pour sa
dévotion et sa prudence. Or, comment croire
qu'une femme de ce rang et de ce caractère pût se décider jamais à écouter les vœux
d'un jeune homme qui n'avait guère d'autre mérite que celui de sa belle voix et de sa
figure?

Mais le hasard, ce grand maître qui forme
et dénoue tant d'intrigues ici-bas, semblait

avoir pris, depuis longtemps, notre héros
sous sa protection. Le hasard le servit donc
cette fois encore, et lui fit mener à bonne fin
la plus audacieuse aventure qui se puisse citer
dans les annales de la musique.

## XX.

### PORTICI.

Peu de temps après les débuts du jeune chanteur, la cour alla passer quelques mois à Portici. Angelo se vit appelé, avec la Baratti et le célèbre Nassoni, à charmer les oreilles du Roi pendant son séjour dans cette maison de plaisance. Il faut savoir que le talent et la

gloire de Bagatini étaient alors dans tout leur
éclat.

Là, grâce à la liberté d'un séjour enchanté,
les lois de l'étiquette étaient entièrement ban-
nies. Le jeune virtuose put voir et admirer,
sans contrainte, la belle comtesse Magdalino,
qui avait effacé à ses yeux, par le charme de
sa figure, les autres femmes qu'il avait jusqu'alors aimées.

Son chant, qu'on ne se lassait jamais d'entendre, lui faisait faire, chaque jour, de nouveaux progrès dans l'admiration, peut-être
même dans le cœur de cette femme qui
avait laissé tous les seigneurs de la cour lan-
guir d'amour pour elle. Angelo se réjouissait
en remarquant que, lorsqu'il chantait, les
beaux yeux de celle qu'il aimait se tournaient
involontairement vers lui avec langueur.

Souvent aussi, lorsqu'elle était seule avec
ses femmes, elle le faisait venir et lui ordon-

nait de s'asseoir au clavecin et d'y répéter ses plus beaux airs, jusqu'au moment où le manque d'haleine et le desséchement du gosier forçaient l'aimable virtuose de s'arrêter.

Quelle gloire pour lui ! quelle douce pensée ! La séduction seule de son chant allait donc lui gagner enfin le cœur d'une des plus nobles dames de Naples. Il ne doutait pas que, s'il fût resté un jour de plus à Portici, la comtesse Magdalino n'eût cédé bientôt à son amour et au pouvoir irrésistible de sa voix.

Mais le sort en décida autrement. Angelo et les autres musiciens reçurent l'ordre de quitter Portici avant la cour. Notre héros ne s'éloigna cependant qu'en emportant la preuve des plus vifs sentiments puisés dans les regards et les moindres discours de la comtesse. Il fut même convenu qu'au retour du Roi à Naples il reprendrait aussitôt, au palais Magdalino, ces concerts qui avaient rempli de tant d'agrément et de bonheur les instants trop courts passés à Portici.

En effet, peu de temps après le retour de la cour, Angelo reçut un billet, de la main de la comtesse elle-même, où elle lui disait seulement qu'elle se trouverait seule, dans son palais, tel jour, à une heure indiquée : elle l'engageait, en même temps, à apporter quelques uns de ses airs, qu'elle eut même soin de lui indiquer par leurs titres.

Heureux hasard ! les airs que la comtesse avait choisis étaient précisément les morceaux de triomphe et de prédilection d'Angelo. Il baisa mille fois ce cher billet, qui contenait l'aveu de la flamme la plus tendre. De toutes les lettres qu'il avait reçues, aucune ne lui avait causé d'ivresse plus douce. Jamais l'amour n'avait employé, pour se dévoiler, autant de réserve et de délicatesse.

Il pensa d'abord à aller aussitôt montrer ce

billet aux deux étrangers de la Sorbetteria
Grande, pour qu'ils avouassent enfin que rien
ne manquait plus à son titre de chanteur à
la mode; mais, par prudence, il aima mieux
attendre que l'aventure fût menée tout-à-fait
à bonne fin.

Quand le jour de ce rendez-vous fut enfin
arrivé, il fallut voir la singulière figure que fit
notre héros devant son miroir. Par moments, il
gonflait ses joues pour les colorer; car il craignait que sa pâleur naturelle ne nuisît à son
succès. Il employa près de deux heures à se
mirer et à se pommader. Jamais son habit
rouge ne lui avait semblé plus riche; son immense jabot avait presque autant de largeur
que de longueur.

Le diamant, présent de la Reine, brillait à
sa main gauche à côté de la bague d'Hamousseb. Rien ne manquait plus à sa toilette, et il
allait se rendre enfin où l'amour l'attendait,

lorsqu'on vint lui annoncer précipitamment qu'une femme demandait, avec instance, à être introduite sans retard auprès de lui...

Ah! fâcheux contre-temps! fatale aventure!... Cette femme était la Gabrielli!

## XXI.

## L'ENTREVUE.

« Arrête ! arrête ! » s'écria-t-elle en entrant et en s'attachant à ses habits. « Tu ne m'aimes plus, je le sais ; tu es ingrat, cruel ; mais as-tu donc oublié le serment que tu m'as fait de me tuer si jamais tu cessais de m'aimer ? Depuis le temps où tu me parlais ainsi, hélas !

tu n'as rien négligé pour me percer le cœur!...
Eh bien! malgré tes trahisons, mes chagrins,
les larmes que tu m'as coûtées..., je t'aime encore; oui, viens, dis-moi seulement que tu
peux revenir à moi, que je retrouverai celui
qui fut mon idole, l'amant adoré qu'aucun
autre ne saurait remplacer...; et j'oublie
tout... Viens dans mes bras; je te par-
donne... »

Un homme plus habile et moins emprunté
que notre héros n'eût, certes, pas manqué
alors, pour écarter une maîtresse oubliée, de
lui jurer que son cœur n'était point changé,
et qu'il n'hésitait pas à s'engager de nouveau
dans les chaînes de son amour.

Quelques mots bien passionnés, quelques
fausses caresses auraient suffi pour éloigner
la Gabrielli, que quelques historiens ont eu,
je crois, tort de peindre sous les traits d'une
femme perfide et dissimulée. « Elle n'était

vraiment perfide, » dit Mancini, « que lorsqu'elle était sûre de posséder le cœur d'un
bon chanteur; mais, en revanche, elle devenait tout-à-coup douce et tendre dès qu'elle
craignait de le perdre. »

En fait de ruses et d'artifices, Bagatini ne
connaissait que ceux du chant. Or, tandis que
la Gabrielli lui parlait, il pensait à la comtesse
Magdalino et au bonheur de chanter devant
elle. Il lui fut bientôt impossible de cacher
l'impatience que ce retard lui causait.

« Eh quoi! » reprit la Gabrielli, en le
regardant avec tendresse, « tu ne trouves
même pas dans ton esprit quelques paroles
consolantes pour adoucir mes peines !... Toi
qui m'aimais tant autrefois, toi qui aurais tout
entrepris, disais-tu, pour mériter mon
amour!... Quelle froideur! ame insensible! Je
me disais : « J'irai le retrouver, je le prierai
de m'aimer encore ; je lui rappellerai le temps

16

où, se croyant chassé du Théâtre-Neuf, sans
appui, sans ressources, je n'ai pas hésité à lui
offrir un asile dans ma maison, et à la place
de son habit troué, un manteau qui, certes,
n'eût pas déparé les épaules d'un prince.., »
Angelo, souviens-toi de tout cela, et dis—moi,
que puis-je faire encore pour que tu ne me
trahisses plus, pour que tu ne détournes
plus tes yeux des miens avec tant de froideur?... »

Notre héros sourit alors d'un air incrédule.
Il pensa que, même depuis qu'elle l'aimait,
elle avait écouté aussi le chanteur Nassoni, et
même le jeune Razzillo. C'était peut-être le
souvenir de cette trahison qui l'avait éloigné,
peu à peu, de cette fantasque et volage maîtresse.

Cependant la Gabrielli crut que ses reproches commençaient à agir sur l'ame de l'ingrat chanteur.

« Songe donc, » lui dit-elle en appuyant sa
tête sur son épaule, « songe à tout ce que tu
perds en renonçant à moi? Que te faut-il, est-
ce de l'amour? Dis-moi si, dans toutes les
femmes que tu as recherchées, tu en as trouvé
de plus tendres ou de plus aimables que moi?...
Pense aussi au bonheur de te retrouver seul
avec moi, au milieu de la nuit, en quittant le
théâtre, quand, au lieu de regagner cette noire
et triste chambre, tu retrouves une riche maison où le repos et l'amour t'attendent...

— Chère Adelina, » interrompit brusquement Angelo, « tu ne sais donc pas ce
que m'impose mon titre de chanteur? Apprends que deux hommes, grands connaisseurs en fait de musique, et qui, je crois, sont
même un peu prophètes, m'ont dit que je n'ar-
riverais jamais à être reconnu le premier chanteur de Naples, tant que je ne compterais pas
au nombre de mes conquêtes celle d'une

femme de la cour!... Eh bien! réjouis-toi
donc avec moi, si tu m'as jamais aimé. Ap-
plaudis-moi; car cet honneur, que j'ambition-
nais depuis si longtemps, m'arrive à présent... Oui, la comtesse Magdalino, qui, déjà
à Portici, aimait tant à m'entendre, m'écrit
aujourd'hui pour que j'aie à me rendre dans
son palais, pour chanter devant elle... J'y
cours, adieu; laisse-moi suivre ma destinée...

— Tu n'iras pas, » s'écria la Gabrielli
d'une voix altérée. « La comtesse Magdalino,
dis-tu? Ah! tu n'y penses pas, vaniteux chanteur! Tu ne vois donc pas qu'on veut se jouer
de toi; il y a là quelque piége, quelque em-
bûche que je devine... Tu crois qu'une dame
d'atours de la Reine pourrait t'aimer... Non,
tu n'iras pas, te dis-je... Je me jetterai là,
devant cette porte, s'il le faut, plutôt que de
te laisser passer, et, pour aller trouver ma

rivale, il faudra, auparavant, que tu me meur-
trisse sous tes pas, que tu foules aux pieds
celle que tu auras appelée autrefois, et aujourd'hui encore, par dérision sans doute,
ton Adelina, ta chère bien-aimée!... »

Les femmes du caractère de la Gabrielli ne
connaissent pas le sens de ce mot qu'ailleurs
on appelle *humiliation*. Quand l'amour prend
en elles-mêmes la place de l'orgueil et de la
légèreté, elles ne craignent plus de pousser
des cris de désespoir, de se renverser par
terre en pleurant ; elles prient, supplient
leur amant, au nom de sa mère et du ciel, de
ne point les quitter. Elles s'inquiètent fort
peu, dans de pareilles crises, de *s'avilir*,
comme on dirait dans d'autres pays.

Telle était la Gabrielli aux pieds d'Angelo,
n'épargnant rien pour exciter au moins sa
pitié. Mais, lorsqu'elle vit enfin que, malgré
ses cris et ses menaces, il persistait tou-

jours à se rendre au palais Magdalino, alors
elle se redressa fièrement, et rejetant sa tête
en arrière :

« Bagatini, » lui dit-elle, « tu n'as pas eu de
compassion pour moi ; il faudrait prononcer
un mot, en ce moment, pour me sauver la vie,
que tu ne le prononcerais pas... Adieu donc,
je ne te retiens plus, sois libre, mais souviens-
toi que je me vengerai ! »

Angelo fut frappé du ton grave avec lequel
la Gabrielli prononça ces derniers mots. L'ombre de Burchiello se présenta à son esprit, et
l'idée de se voir livré à la justice par une
amante outragée qui, sans doute, possédait
son secret s'offrit aussitôt à lui.

« Quoi donc ? » s'écria-t-il en revenant
vers la Gabrielli, « quelle est cette vengeance
que tu comptes tirer de moi ?...

— Je me vengerai, » reprit-elle, « en te

faisant arracher ce titre de virtuose à la mode
que tu as usurpé, et dont tu ne t'es servi que
pour me désespérer!... Oui, je te prédis que
tu verras bientôt un autre astre se placer au-
dessus du tien, un autre virtuose, plus vaillant que toi, qui deviendra ton rival d'abord,
et finira par t'arracher cette palme dont tu es
si fier...

— Ah! ah! un rival! » s'écria Angelo en
éclatant de rire; « ce sera, sans doute, le vieux
Casoni, ce chanteur édenté; ou bien Panac-
cerra, cet homme à la tête de géant. Que tous
les chanteurs de Naples essaient donc de se
mesurer contre moi, qu'ils se réunissent, le
favori de la cour les défie. Avec une seule de
mes cadences, je me sens de force à remporter
la victoire sur eux tous... Honneur! honneur
au premier vocaliste de Naples, honneur au
premier chanteur de la cour! »

Notre héros prit congé de la Gabrielli, et

descendit l'escalier en entonnant le grand air
de la *Rosa bianca* :

« Vittoria ! Vittoria ! »

# XXII.

## LE BOLONAIS.

Il y a, dit-on, un dieu pour les amantes délaissées; la Gabrielli le sentait lorsqu'elle menaçait Angelo de sa vengeance et de cette rivalité dangereuse qui devait, disait-elle, lui enlever la palme du chant. Par ses relations secrètes avec les acteurs du Théâtre du Roi,

elle avait appris l'arrivée prochaine d'un grand
chanteur que Landini annonçait d'avance avec
pompe, afin d'ouvrir, d'une façon brillante,
la saison du carnaval qui se préparait.

On sait que, parmi les publics d'Italie, il
n'en est pas de si inconstant, ni de plus volage dans ses goûts que celui de Naples. On
l'a vu souvent se lasser des meilleurs chanteurs par la seule raison qu'il les entendait
depuis trop longtemps. Il lui faut du nouveau à tout prix, et il lui est arrivé plus d'une
fois de donner la préférence sur ses plus
habiles professeurs à des musiciens sans goût
et sans talent, qui n'avaient d'autre mérite
que d'être les derniers venus et les privilégiés
de la mode.

Il était donc avéré que, depuis un certain
temps, les habitués du Théâtre du Roi n'écoutaient plus le virtuose Angelo Bagatini qu'avec
une grande indifférence.

« Nous allons donc, » disaient-ils, « entendre encore ce soir cet éternel rossignol,
avec ses cadences et ses traits interminables...
Prions le ciel pour qu'il nous envoie bientôt
un autre chanteur qui remplace ce monotone
vocaliste ! »

Il faut dire aussi que notre héros ne paraissait guère s'inquiéter des jugements qu'on
portait sur lui. Parvenu au comble de la faveur, il chantait presque toujours en affectant un grand mépris pour les spectateurs.
Ensuite, combien de fois, par suite de ses
caprices et de ses absences, n'avait-il pas
fallu changer à l'improviste l'affiche du
théâtre ?

Landini avait donc plusieurs raisons pour
engager un autre chanteur en renom !...

Bagatini trouverait une source d'émulation
dans le talent du nouveau venu et le théâtre
ne serait plus régi par sa seule volonté.

Le public aurait ensuite ainsi l'occasion d'é-
tablir une comparaison entre deux chanteurs
réunis sur la même scène. Il en résulterait
une joûte entre partisans et virtuoses, genre
de combat fort à la mode dans ce temps-là.

Landini, n'ayant pas trouvé à Naples de
musicien digne d'entrer en lice avec l'illustre
Bagatini, s'était décidé à faire venir, à grands
frais, de la cour de Vienne, l'excellent Gregorio Belcampione, surnommé le *Bolonais*,
qui n'avait encore chanté que dans le nord de
l'Italie.

Belcampione était attendu avec impatience.
Les habitués de la Sorbetteria Grande, devenus, pour la plupart, ennemis de Bagatini,
se plaisaient à exalter d'avance la belle voix
et la méthode savante du Bolonais.

« Ce nouveau chanteur ne vous effraie-t-il
pas? » disait un jour Hamousseb à notre héros;

« ne craignez-vous donc pas de voir usurper votre trône par ce virtuose étranger?...

— Dites plutôt, » reprit Bagatini, « que je suis courroucé de voir ces ignorants m'opposer un inconnu qui ne sait peut-être non plus chanter que la cloche de *San-Paolo*... Ne pensez-vous pas, seigneur étranger, qu'il pourrait être contraire à ma dignité d'accepter le défi du premier venu, s'il prenait fantaisie au public de faire lutter Belcampione contre moi ?...

— Il n'est jamais indigne d'un grand chanteur, » reprit Hamousseb, « et surtout à un virtuose du Théâtre du Roi, de prouver que les chanteurs de Naples n'ont point de rivaux dans l'univers entier...

— Eh bien ! donc, » s'écria Angelo en montant sur une des tables de la Sorbetteria Grande, professeurs, comédiens, entrepreneurs, porte-faix, marchands, compositeurs, qui vous trouvez réunis ici en ce moment, sachez qu'Angelo Bagatini, disciple du grand Porpora, défie tous les virtuoses napolitains ou étrangers qui voudront se présenter, et en particulier le nommé Gregorio Belcampione, dit le *Bolonais*, de chanter aussi bien que lui un ou plusieurs airs qu'il leur plaira de choisir.

— Angelo Bagatini, » cria une voix forte qui sortit tout-à-coup de la foule, « ton défi est accepté ; tu sauras que c'est moi qui suis le Bolonais.

# XXIII.

## LE RETOUR.

Belcampione était arrivé à Naples depuis deux heures seulement, et son premier soin avait été de se rendre à la Sorbetteria Grande, où il savait devoir rencontrer les principaux compositeurs et chanteurs de la ville.

Le Bolonais, qui avait encore plus d'orgueil,

s'il se peut, qu'Angelo, n'hésita pas à accepter sur-le-champ le défi que celui-ci venait de lui porter ; il pensa qu'entrer en lice dès son arrivée à Naples avec le chanteur favori ne pouvait manquer d'attirer sur lui l'attention du public.

Belcampione avait tout ce qu'il faut pour captiver d'avance la faveur de la foule : comblé de présents à la cour de Vienne, il était arrivé à Naples en grand équipage, étalant des bijoux et de magnifiques habits.

Chacun admirait déjà cette taille majestueuse qui n'excluait pas cependant la grace et l'exactitude des proportions. Le peu de mots prononcés par lui avaient suffi pour annoncer aux connaisseurs un chant accentué, sonore et capable de remplir une enceinte deux fois plus vaste encore que celle du Théâtre du Roi.

L'enthousiasme musical était si vif dans ce

temps-là, et chacun éprouvait un si grand
désir d'entendre Belcampione à côté de Bagatini, qu'il fut arrêté sur-le-champ, entre les
membres du petit groupe qui venait de se
former autour des deux chanteurs, que, le soir
même, ils se réuniraient chez le professeur
Gongotto, afin d'y chanter à tour de rôle. Il
fut convenu, cependant, que cette soirée ne
pouvait être considérée que comme une escar-
mouche préalable, le prélude de la lutte décisive.

Le soir, la petite maison du professeur Gongotto se trouva trop étroite pour contenir le
nombre d'auditeurs qui se pressaient autour
de son modeste clavecin. Tous les habitués du
Théâtre-Neuf et du Théâtre du Roi, et même
plusieurs femmes de la cour, s'étaient donné
rendez-vous pour juger le nouveau chanteur Belcampione à côté de son rival Bagatini. Chacun était déjà placé depuis long-

17

temps lorsque Angelo arriva chez Gongotto.

Il était pâle, abattu, ses habits étaient en désordre; il revenait du palais Magdalino, mais
au lieu d'y trouver, comme il s'y attendait,
la comtesse seule, disposée à goûter le bonheur
d'un tendre tête-à-tête, il n'avait trouvé chez
elle qu'une troupe d'estafiers armés de bâtons,
qui l'avaient roué de coups pour châtier son
insolence.

Le déplaisir était donc gravé sur le visage
de Bagatini, et par suite de son extrême sensibilité, ce contre-temps suffisait pour lui ôter
le désir et même le pouvoir de bien chanter.

Belcampione se fit entendre le premier :
la foudre tombant sur le toit de la petite
maison de Gongotto n'aurait pas produit plus
d'effet que la formidable voix du Bolonais se
déployant avec une énergie sans exemple au
milieu d'une si faible enceinte; on admira
surtout cette vigueur de poitrine qui ne se

démentit pas un seul instant pendant le cours
d'un air long et difficile.

Tout le monde applaudit, à l'exception
d'Angelo, qui affecta de se boucher les oreilles
tandis que Belcampione chantait : cette marque
de dédain commença à tourner contre lui les
sentiments de l'assemblée.

Quand ce fut à son tour de se faire entendre,
il refusa nettement de chanter, en alléguant
une indisposition, une contrariété imprévue.
Mais le professeur Raimondi lui ayant fait
remarquer que ce refus accordait en quelque
sorte la victoire à Belcampione, il se mit à
chanter, mais d'une voix si faible et avec si
peu de vigueur, que ses plus grands admira-
teurs eux-mêmes ne purent se décider à l'applaudir.

Angelo, dépité contre lui-même, déclara,
après avoir achevé un premier air, qu'il ne
chanterait plus. Le champ resta donc libre à

Belcampione, qui fit entendre tous les airs qu'on lui demanda, afin de prouver que les fatigues du voyage n'avaient point altéré sa belle voix.

A la fin de la soirée, chacun s'empressa de le féliciter; quelques vieux professeurs se tinrent seuls à l'écart. Déjà même on insinuait que sa supériorité sur Angelo chanteur, si grêle et si petit à ses côtés, ne pouvait être mise en doute.

Alors, notre héros, qui écoutait ces propos avec une impatience visible, ne put s'empêcher de s'écrier :

« Eh quoi ! excellents professeurs, et vous, excellentes dames, vous prétendez me juger dès ce soir, moi qui me suis fait entendre à peine pendant quelques instants; ne voyez-vous pas que je me sens mal à l'aise, et est-il possible, dites-moi, de chanter ici sous les poutres de ce grenier étouffé ? Qu'on me rende le grand espace du Théâtre du Roi, où j'ai été applaudi tant de fois, on verra alors si je suis homme à céder ainsi la palme du chant à cet étranger.

—Rassurez-vous, seigneur Bagatini, » reprit alors Belcampione, « c'est aussi au Théâtre du Roi que je vous attends. Dans huit jours, si vous voulez, nous solliciterons de Landini la faveur de chanter alternativement, afin que toute la ville décide lequel de nous deux a mérité de l'emporter sur l'autre. »

L'assemblée applaudit à ce discours et se dispersa.

Bagatini s'éloignait seul, réfléchissant tristement à la fragile renommée d'un chanteur que le moindre souffle peut briser. Il ressentait un vif déplaisir de n'avoir pas triomphé du Bolonais, qui n'avait, suivant lui, ni goût, ni grace dans le chant, enfin aucun des avantages qui avaient fondé sa propre gloire ; malgré la bonne opinion qu'il conservait encore de lui-même, il ne pouvait penser cependant sans défiance au jour où il lui faudrait lutter en plein théâtre contre ce chanteur aux poumons d'Hercule.

Au détour d'une rue, une femme voilée, qui semblait écouter les plaintes qu'il murmurait à demi-voix, et le suivait depuis quelques instants, l'aborda :

« Angelo, » lui dit-elle, « reconnais-moi ; il en est temps encore : dis que tu es prêt à revenir, comme au temps de tes débuts, t'enfermer avec moi dans mon palais, consacrer tes journées entières à l'amour et à tes études du chant, et je te promets que tu retrouveras bientôt ton ancienne gloire ; oui, tu triompheras sans peine du Bolonais ton rival... Mais, réponds : consens-tu à me suivre ?

— Laisse-moi, ingrate, » reprit Angelo d'un ton d'amertume ; « ne t'ai-je pas dit cent fois

que tu m'avais trahi trop souvent pour que
je pusse encore t'aimer ? »

Mais, comme il vit briller une larme dans
les yeux de la Gabrielli, ordinairement si insensible, il se repentit aussitôt de sa violence.

« Adelina, » reprit-il d'un ton plus doux,
« ma chère idole, va, ne crains rien; je te jure
que, d'ici à huit jours, j'aurai repris ma confiance et ma supériorité. C'est au Théâtre du
Roi qu'il faut m'entendre ; ne sois pas inquiète
des suites de cette lutte... Quelque chose me
dit là que je triompherai. »

La Gabrielli, étonnée de l'aveuglement du
jeune chanteur, baissa son voile et s'éloigna
en soupirant.

# XXIV.

## LE THÉATRE DU ROI.

Landini rendit grâce au hasard qui secon-
dait si bien ses projets, lorsqu'il vit les deux
chanteurs venir solliciter d'eux-mêmes, auprès
de lui, ce combat qu'il avait résolu de leur
proposer. Bientôt on afficha, sur tous les murs
de la ville, la lutte des deux grands et illustres

virtuoses, Angelo Bagatini et Gregorio Belcampione.

Cette annonce faillit exciter une révolution
dans Naples, tant on témoignait d'empressement à jouir de ce spectacle curieux.

D'après la lutte provisoire qui avait eu lieu
déjà chez Gongotto, il n'était personne qui ne
fît d'avance pencher la balance en faveur de
Belcampione. L'illustre patron de la Sorbetteria Grande, toujours ami et grand admirateur
de Bagatini, Mala-Gamba, fut le seul peut-
être qui ne regardât pas le triomphe de Belcampione comme assuré.

« Prenez garde, seigneur, » disait-il un
jour à ce dernier, en lui servant un sorbet;
« on dit que vous allez vous mesurer contre
le seigneur Bagatini... Savez-vous bien que
vous aurez à joûter contre un de nos plus
grands professeurs, celui qu'on a surnommé
jadis le vocaliste par excellence, quand il

n'était encore que simple virtuose du Théâtre-
Neuf?...

— Allons, allons, maudit babillard, » reprit l'orgueilleux Bolonais, prends mon argent et laisse-moi en repos... Si tu m'avais
entendu chanter une seule fois, tu saurais
qu'il n'y a qu'un fou comme toi qui puisse
croire que je ne l'emporterai pas sur cet
avorton de Bagatini. »

Sans le respect que lui inspiraient les chanteurs du Théâtre du Roi, Mala-Gamba eût
peut-être répondu vertement à Belcampione,
non pas à cause de l'injure qu'il en avait reçue,
mais à cause de celle adressée à son cher
Angelo; il se contint cependant et préféra
attendre l'issue du combat pour prouver au
Bolonais que son expérience de grand amateur de musique ne l'avait jamais trompé.

Les deux rivaux, malgré leur lutte prochaine, se voyaient presque tous les jours à la

Sorbetteria Grande ; ils affectaient une appa-
rente cordialité, craignant mutuellement de se
témoigner d'avance quelque jalousie ; ils disputaient parfois sur les règles de l'art du
chant, opposant les préceptes aux préceptes, vantant telle école aux dépens de telle
autre.

Il était aisé de voir déjà, dans ses entretiens,
qu'Angelo était un plus grand maître que son
rival. Son visage semblait s'illuminer d'un feu
noble et sacré, lorsqu'il venait à parler de
théâtre et de musique.

Le Bolonais discutait, au contraire, froidement, et se contentait de répéter sans cesse :

« Ce n'est point de discourir, seigneur Bagatini, mais de chanter qu'il s'agit... »

Il s'était établi aussi entre eux une sorte de
rivalité indépendante de la musique et du
théâtre. Si, par exemple, Angelo se montrait
à la Sorbetteria Grande avec un habit rouge

brodé de soie, Belcampione ne manquait pas
de paraître le lendemain avec un habit rouge
brodé d'argent.

Si Belcampione eût paru avec un chapeau
haut comme le clocher *del Carmine*, je crois
qu'Angelo se fût promené par la ville avec un
chapeau haut comme le Vésuve.

Notre héros, qui cherchait à se glorifier de
tout, ne manquait pas d'ailleurs de parler sans
cesse, à son rival, des faveurs nombreuses que
lui avaient accordées les femmes de Naples,
à titre de virtuose à la mode.

« Ah! seigneur Belcampione! » s'écriait-
il un jour, « le plus vif instant de bonheur
qu'un chanteur éprouve est, sans contredit,
celui où il comprend que, par sa voix seule, il
s'est assuré le cœur d'une femme riche et
belle. C'est là un grand sujet de plaisir et de
gloire, et, sans doute, ainsi que moi, vous
éprouverez avant peu ce bonheur...

— En vérité, seigneur Bagatini, » reprit
le Bolonais ; « mais ce bonheur m'arrive déjà,
quoique je n'aie pas encore paru sur le théâtre... Tenez, lisez plutôt ce billet qu'on m'a
remis ce matin même à mon réveil... »

Angelo lut un billet signé *Adelina Gabrielli*, qu'elle adressait à Belcampione, et où
elle l'engageait à triompher de Bagatini ; son
cœur et son amour seraient le prix de sa victoire.

Notre héros avait cessé, depuis longtemps,
d'aimer cette femme inconstante et trompeuse ;
il le croyait du moins ; mais cette lettre ne
laissa pas de lui percer le cœur. Il se consola
en pensant que, s'il triomphait le lendemain,
il lui serait, sans doute, facile de reconquérir
ses droits sur le cœur de la Gabrielli, qu'il
commençait à regretter.

Quand la nuit fut venue, les deux chanteurs
quittèrent les tables de la Sorbetteria Grande,

et se séparèrent en se tendant la main avec une sorte de majesté tragi-comique.

« A demain, seigneur Bagatini.

— A demain, seigneur Belcampione! »

L'histoire ne dit pas combien de temps les deux champions dormirent cette nuit-là... Il paraît avéré, cependant, qu'ils dormirent tous deux d'un bon somme et ronflèrent jusque fort avant dans la matinée...

# XXV.

## LA LUTTE.

Le jour de cette lutte mémorable, le soleil se leva plus fier et plus radieux que de coutume. Jamais il n'avait doré d'un éclat plus vif les toits du château de l'Œuf et du château Saint-Elme; on eût dit, pour nous servir d'une métaphore du vieux Brunetto Latini,

18

« que cet astre avait ajouté, pour ce grand jour, des émeraudes et des rubis à son diadême. »

Dès le matin, on s'abordait sur la plage, au marché et sur la place *del Castello*.

« Eh bien ! c'est ce soir que va se livrer enfin le grand combat entre les deux premiers chanteurs au Théâtre du Roi. Moi, je gage pour Bagatini, disait l'un. — Moi, je parie pour Belcampione, disait un autre. — Moi, je parie pour tous les deux à la fois, disait un troisième. »

A chaque coin de rue, dans chaque faubourg, on entendait s'élever des querelles, d'interminables discussions relatives au grand évènement du soir.

Cependant les deux chanteurs n'occupèrent point leur journée d'une même manière. On entendit Belcampione chanter dès son lever, se préparer et employer tous les moyens que

l'art indique pour donner à la voix sa souplesse et sa force.

Bagatini, au contraire, se croyant sûr de la
victoire, négligea ces ressources, comme in-
dignes d'un maître tel que lui. Vers la fin de
la journée seulement, il se plaça devant son
clavecin et se mit à essayer, au hasard, quelques traits détachés. Cette épreuve le rassura.
Jamais les notes n'étaient sorties de son gosier
plus claires et plus brillantes. Il sourit en
pensant aux connaisseurs qui rempliraient
sans doute la salle de spectacle et à l'effet singulier que produirait la grosse voix du Bolonais à côté de ces passages d'une expression
et d'une finesse sans pareilles.

Enfin, à la grande satisfaction de la ville,
le jour baissa, et la grande affaire de chacun,
jusqu'aux derniers des lazzarelli, fut de se
rendre au Théâtre du Roi, dont on faillit

briser les portes, tant était grande l'affluence qui s'y portait.

Landini avait eu soin de choisir un opéra à peu près sans intrigue et sans nœud, de façon que les deux champions pussent y intercaler les morceaux qu'il leur plairait de choisir.

Après une heure d'attente, dévorée avec peine au milieu des applaudissements et des cris d'une foule impatiente, le rideau se leva, et, après quelques chœurs insignifiants destinés seulement à préparer l'entrée, on vit paraître les deux chanteurs, qui sortirent chacun par une coulisse opposée et s'avancèrent jusque sur le bord du théâtre pour remercier, par plusieurs saluts, des cris de joie qui accueillirent leur présence.

« Vive Belcampione ! » criait la multitude qui garnissait le parterre, séduite par la belle taille et la majestueuse démarche du Bolonais... Ces cris jetèrent quelque trouble dans l'esprit de Bagatini. Il comparait cette soirée à celle de son début sur cette même scène. Quelle différence !

Il ne voyait alors, dans l'assemblée, que des visages bienveillants et amis, tandis qu'à présent la morne gravité d'un tribunal semblait avoir envahi les rangs des spectateurs.

Cette comparaison le consterna. Cependant quelques cris de « vive Bagatini ! vive le premier vocaliste de Naples ! » lui ayant rendu un peu d'assurance, il fit un signe de la main à Belcampione pour lui annoncer qu'il était prêt à chanter. Belcampione lui rendit ce signe et la lutte commença.

Les deux virtuoses savaient parfaitement tous deux combien la première impression est importante devant un public aussi mobile que celui de Naples. C'est pourquoi chacun tenait beaucoup à chanter l'un avant l'autre. On les vit donc ouvrir la bouche simultanément, puis

la refermer ; de sorte que cette lutte mémorable aurait bien pu se terminer par un simple
choc de mâchoires, si quelqu'un n'eût eu
l'idée de trancher la question en leur criant :
« Un duo ! »

Les deux chanteurs s'empressèrent d'adopter cette injonction qui les mettait d'accord.
Plus habile et plus prévoyant que Bagatini,
Belcampione eut soin d'entonner aussitôt un
duo entièrement favorable à sa voix. C'était
une espèce de défi tout entier en cris et en
menaces guerrières.

Les deux chanteurs n'avaient guère qu'à
répéter alternativement les mêmes phrases, en
leur donnant seulement une couleur différente.
L'assaut fut long et bien soutenu.

Mais en vain Bagatini reprit-il chaque passage dit par son rival seulement avec force et
vigueur, pour y ajouter mille ornements com-
parables aux broderies qu'un artisan habile

sème sur un canevas; chaque fois que Belcampione reprenait, avec cette voix formidable qui semblait vouloir écraser le chant
doux et gracieux de son rival, des acclamations de triomphe retentissaient dans le parterre.

Ne voulant pas laisser refroidir l'enthousiasme qu'il venait de soulever, Belcampione
eut soin de commencer, aussitôt après, un nouvel air qui excita plus vivement encore l'enthousiasme du public. Angelo, frémissant de
l'idée de se voir vaincu par un tel antagoniste,
se mit de son côté à invoquer le grand Porpora,
et commença un de ces airs tendres et tou-
chants où il excellait : il prodigua les trésors
de sa voix, il entraîna tour à tour et pénétra
les cœurs par la grace et la pureté de ses
accents.

Si, comme Belcampione, il n'excita pas
des acclamations bruyantes, en revanche il

attendrit et fit verser des larmes, mérite plus
estimable et plus rare. Nul doute que, si l'assemblée se fût seulement composée de connaisseurs, et si la populace n'y eût pas dominé,
la victoire ne se fût, dès cet instant, déclarée
en faveur du virtuose napolitain.

Mais l'impétueux Bolonais, indigné de voir
la victoire sur le point de lui échapper, résolut
d'user de ses dernières ressources et de mettre
tout en œuvre pour l'emporter sur Angelo ; il
s'avança donc fièrement sur le bord du théâtre,
et, se dressant sur la pointe de ses pieds, de
manière à déployer sa riche taille, il attaqua,
de toute la force de sa poitrine, un morceau
dans le style allemand, avec accompagnement
d'instruments de cuivre, qui avait été composé
exprès pour lui à la cour de Vienne.

Ce morceau, d'un genre tout nouveau alors,
produisit l'effet que le Bolonais en attendait.
Le parterre en masse se leva ; poussa des cris

de fureur et de joie, comme si quelque nouveau Mazaniello fût venu haranguer encore une fois la multitude sur la place du marché.

Mille couronnes tombèrent à la fois aux pieds de Belcampione. Il s'empressa de les ramasser sans en offrir une seule à son adversaire. Bagatini voulut encore répliquer et continuer la lutte qu'il ne regardait pas comme terminée; mais sa voix fut aussitôt couverte par les cris de : « Vive le Bolonais ! honte à Bagatini ! plus de Bagatini ! »

La victoire resta tout entière à Belcampione. Landini lui fit signer, le soir même, un des plus beaux contrats qu'il eût jamais proposés à aucun chanteur ; on faillit porter Landini en triomphe, en apprenant qu'il venait de s'attacher pour longtemps ce grand talent et cette belle voix. Ainsi se termina cette lutte, la plus brillante qui eût jamais eu lieu à Naples,

et remarquable en ce qu'elle faillit allumer
une querelle entre la populace et les vrais
amateurs de musique.

# XXVI.

## LA FUITE.

Maintenant, vous tous, virtuoses des temps présents ou passés, joueurs de violons, clavecinistes, chanteurs; vous, faiseurs de motets, de messes et d'opéras, devinerez-vous la tristesse et le désespoir de l'antagoniste de Belcampione, lorsqu'il se réveilla le lendemain

avec le souvenir accablant de ce qui s'était
passé la veille?

Lui, si grand chanteur, après tant d'honneurs et de titres, après avoir reçu les suffrages de la cour, du Roi et de toute la ville, avoir
été vaincu par un étranger, un chanteur qu'il
eût jugé à peine digne d'annoncer son entrée
en scène. O honte! ô catastrophe imprévue!
Dieu sait si le public de Naples fut mal traité
au milieu des regrets et des plaintes qu'exhala
notre héros!

Les expressions *d'ânes*, *d'ignorants*, de
*balourds*, de *vile populace* s'échappèrent
plus d'une fois de ses lèvres. Oubliant toutes
les faveurs dont le hasard l'avait comblé, il
ne songeait plus qu'à maudire cet évènement
funeste et sa mauvaise étoile. D'ailleurs, depuis que la triste réalité de ce revers pesait sur
lui, il s'était retrouvé face à face avec une

image qu'il n'avait écartée que grâce à l'ivresse
de ses succès.

L'ombre de Burchiello, menaçante et indi-
gnée de ne pas avoir encore obtenu vengeance,
se présentait sans cesse à son esprit. A présent qu'il avait perdu son titre de premier
virtuose de Naples, il ne doutait pas que, d'un
moment à l'autre, le magistrat Palpebra ne
donnât les ordres nécessaires pour faire saisir
le meurtrier, trop longtemps impuni, du vieux
professeur.

Au milieu de tant de peines et d'idées
affligeantes, l'amour, ce consolateur de nos
maux, vint cependant verser un peu de
baume sur ses blessures. Une image douce
et tendre s'offrit à lui. Il se souvint de la Gabrielli, pensant que cette aimable femme
avait été la compagne et peut-être aussi la
cause de ses succès ; que, malgré sa défaite et
son ingratitude, elle retrouverait sans doute

encore dans son cœur quelques restes d'amour
ou, du moins, de pitié pour lui.

Il alla donc trouver celle qu'il regardait
comme une protectrice que le sort avait bien
voulu lui laisser au milieu de sa détresse. Il
mit à ses pieds sa honte et son repentir; il
jura d'être désormais, pour elle, l'amant le
plus soumis; son orgueil et ses succès l'a-
vaient un instant aveuglé; mais il revenait enfin de ses égarements.

« Adelina, chère Adelina, » dit-il d'un ton
ému, « dis-moi du moins que tu ne me hais
pas... »

Mais il essaya vainement d'attendrir la
Gabrielli par ses discours et son repentir. Il
reconnut bientôt qu'elle n'était plus la même
pour lui.

« Que me voulez-vous, seigneur étranger, »
lui dit-elle d'un ton froid; « j'ai connu et
aimé autrefois, il est vrai, un jeune et aimable

chanteur, appelé Angelo Bagatini ; mais, depuis ce temps-là, il est mort, je crois, et j'ai
eu depuis le malheur de poursuivre un
homme qui avait sa taille, ses traits, tout enfin, excepté sa douce et incomparable voix...
Cet étranger est encore devant moi maintenant ; il veut chercher à m'abuser, sans doute,
mais il n'y parviendra pas. J'appartiens au
chanteur Gregorio Belcampione qui a mérité
hier de si grands applaudissements au Théâtre
du Roi...

— Ah ! reconnais-moi, » s'écria notre
héros, « chère Adelina, je suis bien le véritable Bagatini, prêt à t'aimer comme autre-
trefois, et à me venger bientôt de ma défaite
si tu daignes seulement me regarder sans colère... Ou bien, si tu le veux, repousse-moi,
et me punis de mon abandon par ton indifférence... Mais, au moins, n'ajoute pas à ma douleur la triste pensée de te voir aimer mon

rival, celui que j'aurais vaincu sans doute si j'avais eu tes tendres regards et ton amour pour me soutenir... »

Angelo parla longtemps ainsi à la Gabrielli, mais sans parvenir à triompher de sa froideur. Elle se contentait de répondre à tous ses discours qu'elle ne reconnaissait ni lui, ni le chanteur de la veille, adversaire du Bolonais, pour Angelo Bagatini, qu'elle avait aimé autrefois.

Si la fière Gabrielli s'était humiliée naguère devant Angelo, ce fut son tour cette fois de prier et de s'abaisser. Dans son désespoir, il se traîna à ses pieds, frappant la terre de son front, donnant les signes du plus profond chagrin, tout en ayant sur les lèvres le nom de Burchiello, toujours prêt à avouer à son ancienne bien-aimée que c'était pour elle, pour arriver à la posséder sans partage, qu'il n'avait pas craint autrefois de tuer son rival.

Enfin, lorsqu'il vit qu'il n'était plus en son pouvoir de ramener le cœur d'une amante courroucée, il se leva, se drapa fièrement dans son manteau, et s'apprêtant à sortir :

« Adieu, » dit-il, « Adelina, tu as raison peut-être de me traiter avec tant de mépris... Mais apprends que, dès cet instant, je ne suis plus, comme tu le dis, Angelo Bagatini, le chanteur qu'on applaudissait autrefois ; puisses-tu ne pas le regretter auprès de Belcampione ! »

Il quitta la maison de la Gabrielli et ne cessa de marcher que lorsqu'il eut entièrement perdu de vue les toits et les clochers de Naples.

# XXVII.

## LA REVANCHE.

L'usage d'établir des luttes et des combats publics entre les chanteurs et les cantatrices en vogue se perdit bientôt à Naples et dans le reste de l'Italie : on comprit qu'en élevant ainsi un talent aux dépens d'un autre on forçait nécessairement un des deux chanteurs à s'éloigner d'une scène qui lui rappelait sans cesse le malheur et la honte d'une défaite.

La joûte qui avait eu lieu au Théâtre du Roi entre Belcampione et Bagatini servit à mieux prouver encore l'injustice de ces sortes de luttes. En effet, Belcampione n'eut pas plutôt chassé son rival, qu'il apprit à connaître par lui-même l'inconstance du public de Naples.

Il était engagé au Théâtre du Roi depuis un mois à peine, que déjà les spectateurs paraissaient fatigués de lui; on avait enfin reconnu que la meilleure part de son talent reposait sur une grande force de poumons qui lui eût toujours mérité, dans un combat, le prix des cris, mais non le prix du chant.

« Va-t'en, maudit chanteur, » lui criait-on quelquefois du milieu du parterre, « tu ne sais que nous briser les oreilles en imitant les bœufs des Abruzzes; apprends à chanter au moins, avant d'oser te charger de l'emploi de premier virtuose du Théâtre du Roi. »

Enfin, les malédictions du public devinrent si vives, que Belcampione se vit obligé de solliciter lui-même de Landini la rupture de son engagement, ce que l'entrepreneur se hâta d'accepter.

Cependant le Théâtre du Roi se trouvant privé de premier chanteur, on commençait à regretter Angelo Bagatini, ce maître accompli qu'une multitude ignorante avait injustement rabaissé au profit de Belcampione. Le Roi ayant même témoigné des regrets de ne plus l'entendre, il fut décidé qu'on le rappellerait à tout prix, et que les plus grands honneurs compenseraient la disgrace qu'il avait essuyée.

Mais ce fut en vain que Landini fit chercher Bagatini dans la ville et les environs, il put se convaincre bientôt qu'il avait quitté

Naples et pour toujours. On résolut de le demander à ses deux amis Hamousseb et Noureddin, qui s'entretenaient sans cesse avec lui;
mais ces deux étrangers avaient aussi quitté
Naples.

On apprit, par le cafetier Mala-Gamba, que,
le soir de la lutte, ils étaient venus s'asseoir
une dernière fois à la Sorbetteria Grande, en
accusant le public de Naples d'injustice et
d'ignorance, et en montrant une grande afflic-
tion de l'affront que Bagatini venait de subir.

Enfin, après bien des perquisitions inutiles,
on acquit la triste conviction que l'infortuné
chanteur avait dû être dévalisé et assassiné
par des brigands qui désolaient depuis quelque temps les environs de Naples; le hasard
avait fait découvrir, dans un endroit que les
brigands parcouraient fréquemment, un manteau, une épée et des vêtements déchirés qui
avaient appartenu à Bagatini.

Cette nouvelle affligea la ville entière et donna l'éveil à la justice. Le Roi ordonna qu'on se mît à la poursuite de ces bandits, dans l'espoir que l'un d'entre eux pourrait peut-être donner quelques détails sur la mort de son chanteur favori.

On s'empara de deux ou trois bandes différentes; mais ce fut en vain qu'on promit la grâce à celui d'entre les bandits qui pourrait fournir quelques renseignements sur la mort du nommé Bagatini, ancien chanteur du Théâtre du Roi : ces aventuriers ne l'avaient pas même entendu nommer. On fut obligé de les pendre, sans avoir rien appris qui eût rapport au chanteur.

Cependant les soldats du Roi s'étant emparés bientôt d'une bande nouvelle, sur la route de Velletri à Terracine, le bruit se répandit que le chef de cette bande avait quelques révélations à faire sur le sort d'Angelo.

Ce chef, nommé Domenico, était remarquable par sa physionomie pleine d'audace et la bizarrerie de son costume.

Il portait sur la tête une espèce de capuchon en toile grossière ; ses cheveux, longs de deux pieds au moins, se mêlaient à sa barbe touffue. Sa physionomie effrontée était picotée de grains de poudre; ses jambes nues, criblées de piqûres de moucherons, étaient enveloppées de bandelettes.

Un envoyé du Roi se rendit aussitôt près de cet homme.

« Est-il vrai, » dit-il au bandit, « que tu sois à même de nous donner quelques renseignements sur le sort du chanteur, qui a été assassiné sans doute par quelque misérable de ton espèce?...

— Eh ! pourquoi, » reprit Domenico d'un ton tranquille, « tenez-vous donc tant à retrouver ce Bagatini?

— Mais, apparemment, pour jouir encore de sa belle voix, pour le ramener sur la scène que ses succès ont illustrée.....

— Et que fera le Roi, » reprit le bandit, « en faveur de celui qui lui donnera des nouvelles de cet homme ?

— Le Roi lui fera grâce...

— Alors, qu'on me délivre donc de ces menottes et qu'on me rende la liberté, car c'est moi-même qui suis Angelo Bagatini.

# XXVIII.

## VELLETRI.

On alla annoncer au Roi qu'il se trouvait dans les prisons un bandit nommé Domenico, qui prétendait être Angelo Bagatini le chanteur. Le Roi ordonna qu'on le fît venir devant lui sur-le-champ.

« C'est donc toi, » lui dit-il, « qui prétends

te faire passer pour le chanteur que nous re-
grettons ?... Songe qu'il n'y a pas plus d'un
an que nous applaudissions encore ce jeune
homme, dont la figure ne ressemblait pas plus
à ta mine sauvage qu'une poule ne ressemble
à un renard... Allons, dis-nous bien vite ce
que tu sais sur le compte du pauvre défunt,
si tu ne veux pas qu'on t'emmène et qu'on te
pende à l'instant.

— Gracieux souverain, » reprit le bandit
sans se déconcerter, « je n'ai rien à dire jusqu'à présent sur le compte de celui que vous
cherchez, si ce n'est que c'est moi-même qui
suis Angelo Bagatini...

— Alors, » reprit le Roi, « explique-nous
donc pourquoi tu as quitté si brusquement
Naples et le théâtre pour adopter le noble état
qui t'amène aujourd'hui ici...

— Par suite d'une affaire malheureuse,
arrivée à Bagatini il y a déjà longtemps, et

qu'il ne craindra pas de confier au roi lui-
même dès que sa grâce sera signée..... En
attendant, Angelo le bandit supplie son gracieux souverain de vouloir bien songer qu'un
an de fatigues et de dangers a fort bien pu
rendre méconnaissable à tout le monde le gracieux visage d'Angelo le chanteur.

— Eh bien ! » reprit le Roi, « si tu le veux,
je t'accorde que ton visage a pu changer en
un an, au point de n'être reconnu de
personne... Mais ta voix a-t-elle changé aussi ?
Si tu es Angelo Bagatini le chanteur, voyons,
prouve-le-nous, chante...

—Volontiers, » reprit le bandit. En même
temps, il appuya la main sur son cœur, ouvrit
la bouche aussi fort qu'il put, et se disposa
à chanter ; mais les sons qui sortirent de son
gosier furent si durs et si rauques, que le Roi
lui-même et son cortége éclatèrent de rire.

« De grâce ! un instant encore, » s'écria

le bandit ; « la fatigue, les veilles, la crainte
du supplice, tout cela ne dispose guère à bien
chanter... D'ailleurs, tous ceux qui ont connu
autrefois Bagatini savent que, par suite de
son caractère bizarre et sensible, ce virtuose
ne se montrait ce qu'il était, c'est à dire sublime, que lorsqu'il avait dans l'ame quelque
amour qui lui servait à la fois de soutien et
de guide... Il est donc un moyen de me faire
reconnaître... : j'ai aimé autrefois plusieurs
jeunes filles de Naples; je demande qu'on les
fasse venir. S'il en est une qui se souvienne
de moi, ses regards seuls et une ou deux
paroles bien tendres suffiront pour me rendre
ces accents harmonieux que m'ont enlevés mes
chagrins et la vie errante que j'ai menée... »

Cette nouvelle demande fut encore accordée
à Domenico, car on espérait toujours qu'il se
déciderait à faire quelques aveux : on amena
devant lui plusieurs femmes qu'il avait indi-

quées comme lui ayant autrefois appartenu.

« Reconnais-moi, je t'en supplie, Teresa, chère Rosalba, tendre Colombella, » disait Domenico à chaque femme qui passait, « je suis Angelo Bagatini, le grand vocaliste; tu m'as aimé autrefois, songe donc qu'il y va de ma vie... Allons, dis que tu m'aimes encore pour que la joie pénètre mon ame et me rende ma voix... »

Mais ces femmes passaient toutes devant lui sans le reconnaître; quelques unes cachaient même leur visage dans leurs mains pour ne pas voir son affreuse barbe.

« Toi, mon bien-aimé! misérable, » s'é-criaient-elles; « toi Bagatini, le jeune, le charmant virtuose dont le visage était plus frais qu'une rose. Cache-toi, affreux balafré, et n'espère pas que je reconnaisse jamais une aussi laide physionomie que la tienne. »

Enfin, elles avaient toutes passé devant lui,

et aucune n'avait voulu le reconnaître. Alors il baissa tristement la tête et demanda à se confesser ; on lui remit les menottes, et on allait l'emmener sur la place des exécutions où ses camarades l'attendaient, lorsqu'une femme entra précipitamment, et s'écria en le pressant dans ses bras :

« Grâce ! grâce pour lui ! c'est Bagatini, n'en doutez pas..., oui, le véritable Bagatini est devant vous !... Mon amour, reconnais-moi... ; je t'aime encore, je suis la Gabrielli !...»

# XXIX.

## BABEO.

Quand le bruit de la mort de Bagatini s'é-
tait répandu dans la ville, que de pleurs n'a-
vait pas versés l'aimable et singulière femme
qui avait eu tant d'influence sur sa destinée!
Dans sa douleur, elle avait toujours cependant conservé un reste d'espoir; son cœur

20

lui disait que bientôt son bien-aimé lui serait rendu et reparaîtrait couvert d'une gloire nouvelle.

C'est pourquoi, dès qu'elle avait appris qu'un bandit, pris récemment dans les environs de Naples, se faisait passer pour Angelo Bagatini, elle n'avait pas hésité à se rendre à la prison, obéissant à l'instinct secret de son cœur... Un regard, une seule parole avaient suffi pour lui faire reconnaître que ce bandit n'était autre que son cher virtuose, seulement un peu défiguré par la fatigue.

« Grand Roi, » s'écria le faux Domenico, « cette femme me reconnaît; mais ce témoignage ne suffit peut-être pas pour qu'il soit avéré que je suis bien Angelo Bagatini. Je demande à notre puissant souverain quelques jours de repos...; je m'engage alors à me faire rendre publiquement, sur un des théâtres de la ville, mon titre du plus *grand vocaliste de Naples.* »

Le Roi lui accorda ce qu'il demandait ; mais à condition, pourtant, que des gardes seraient placés autour du palais, afin de l'empêcher de s'évader.

Le Roi se décida d'autant mieux à cet acte de clémence, qu'on avait reconnu que le bandit, étant entré en campagne seulement depuis quelques jours, n'avait pu commettre encore de grands ravages ; son plus grand crime était d'avoir volé quelques coqs, un âne borgne et deux boucs malades, dans les environs de Caserta.

Un des premiers soins de Bagatini, dès qu'il eut retrouvé à la fois l'amour et le repos, fut de couper sa barbe et ses cheveux, de quitter ses habits de bandit, de redevenir enfin ce qu'il était autrefois, un beau et aimable jeune homme, à l'exception, toutefois, d'une balafre qu'il avait reçue en se défendant contre les soldats du Roi ; mais cette cicatrice imprimait

de l'audace et une certaine énergie à sa physionomie, sans nuire à sa beauté.

La Gabrielli s'empressa de rassurer son
amant sur le compte de Belcampione, chassé
maintenant du Théâtre du Roi, et que d'ailleurs elle avait brusquement congédié lorsqu'il
était venu réclamer la récompense qui iui avait
été promise dans un moment de vengeance.
De son côté, Angelo déclara aussi à sa chère
Adelina que ses infidélités, ses jalousies, ce
besoin perpétuel d'agitation, tout cela ne devait être attribué qu'à la plus triste et à la
plus inquiétante des visions, qui le poursuivait
depuis longtemps.

C'était par suite de ce remords qu'il avait
quitté Naples dans un moment de désespoir,
et qu'après avoir essayé, pendant une année
d'absence, de plusieurs états, il avait fini par
choisir celui de bandit, afin de ne pas mourir
de faim d'abord.... et puis aussi pour courir

plus vite au devant du châtiment que le ciel
lui réservait.

« Il n'est que trop vrai, ma chère bien-
aimée, » s'écria-t-il du ton de désespoir ; « tu
vois en moi un meurtrier qui, dans un moment de jalousie, s'est emporté jusqu'à égorger
cruellement celui qu'il prenait pour son rival,
l'infortuné professeur Burchiello...

— Alors, nous sommes donc deux du même
nom, » dit un homme qui sortit tout-à-coup
d'une pièce voisine..... « Eh quoi ! seigneur
Bagatini, se peut-il que deux années d'absence
aient entièrement effacé mes traits de votre
esprit, et vous empêchent de reconnaître en moi
l'ancien professeur de musique Burchiello? »

A ces mots, et à cette brusque apparition,
Angelo devint de plusieurs couleurs à la fois
et faillit tomber à la renverse.

C'était bien Burchiello lui-même qui se
trouvait devant lui tel qu'il était autrefois, le

dos un peu voûté, les joues creuses, seulement
avec quelques mèches grises de plus sur la tête.

« Reprenez vos esprits, seigneur Bagatini, »
ajouta Burchiello; « j'ai bien vu à votre air
effaré, lorsque autrefois vous sortîtes précipitamment de ma chambre au milieu de la nuit,
que vous vous figuriez m'avoir blessé griè-
vement..... Mais il y a eu de bien fortes raisons
pour que ma vie fût épargnée : comme vous
veniez ce soir-là de jouer Lindoro dans la
*Sposa fedele*, vous n'aviez à la main qu'une
rapière en fer-blanc avec laquelle vous me
poursuiviez si fort, il est vrai, que je n'eus
que le temps de me blottir derrière une tête
à perruque, couverte en ce moment d'une
robe de chambre toute neuve, et à travers
laquelle vous avez enfoncé votre épée jusqu'à
la garde, mais sans que mes jours aient été pour
cela un seul instant en danger. Le lendemain
de cet évènement, je suis parti pour Turin,

où je devais apporter au grand Théâtre un opéra auquel je travaillais quand vous êtes entré chez moi... Avant de partir, j'eus soin de vous recommander au magistrat Palpebra, qui me demandait un élève du grand Porpora pour me remplacer auprès de sa nièce. Depuis huit jours seulement, je suis revenu du Piémont, et on n'aura pas manqué sans doute de vous dire que *j'étais parti pour un long voyage.* Ce long voyage ne voulait pas dire celui dont on ne revient pas : ma bonne santé et la main que je vous tends cordialement vous prouvent assez, j'espère, que c'est à un homme bien portant et non pas à un revenant que vous avez affaire. »

Angelo, après ce discours, sauta au cou de Burchiello pour bien s'assurer de son existence et lui témoigner sa surprise et sa joie de le voir vivant.

Cette nouvelle inespérée produisit en lui

une si forte révolution, qu'il se mit aussitôt
au clavecin, et, retrouvant tout son talent,
il chanta si bien et si longtemps, que le visage
de la Gabrielli et celui de son professeur Burchiello s'illuminèrent d'une flamme soudaine
et furent bientôt inondés de larmes. En entendant des accents si beaux, les soldats chargés
de garder Angelo ne purent s'empêcher de
laisser tomber leurs armes par terre, tant ils
étaient émus et enchantés.

Il n'eût donc tenu qu'à notre héros de s'é-
chapper ; mais il préféra se soumettre à l'é-
preuve publique qu'il avait obtenue du Roi.

## XXX.

### LES FLEURS.

Pour reparaitre devant le public et prouver que le bandit Domenico était bien le chanteur Angelo Bagatini, notre héros eut soin de choisir le Théâtre-Neuf, l'ancien terrain de ses exploits, et où il avait été à la fois le plus pauvre et le plus heureux des hommes. Il

voulut d'abord procurer ainsi une bonne re-
cette à son ami Babeo : il exigea même que
tout fût remis dans le même ordre qu'à l'é-
poque de ses débuts. La Colombella devait
chanter avec lui le rôle de l'amoureuse, Casaccia remplir le rôle du bouffe, Pandolfo
Guarsetto celui du *basso*, Nicoletto tenir le
clavecin.

Il n'y eut pas jusqu'au pauvre Mala-Gamba
qui ne voulût être aussi de cette fête, en
apportant lui-même sur le théâtre à son cher
Bagatini un sorbet le plus exquis, le plus dé-
licieux qu'il eût encore composé.

Si notre héros avait mérité autrefois l'enthousiasme du public, on peut dire que cette
fois ce fut une rage, un délire que ses accents
excitèrent ; il semblait même que la vie aven-
tureuse qu'il avait menée eût prêté à ses accents une sorte d'âpreté sauvage et d'expression forte et naturelle qui leur manquaient :

si son chant représentait autrefois une plaine
émaillée de fleurs, on pouvait maintenant y
ajouter des forêts majestueuses et des perspec-
tives pleines de grandeur.

L'enthousiasme du public était à son comble, et l'envoyé du Roi, placé dans une des
loges principales, allait sans doute prononcer
solennellement la grâce de l'ancien bandit,
lorsqu'on entendit tout-à-coup deux spectateurs, placés dans un coin du parterre, s'é-
crier :

« Ah! si vous devez punir un virtuose si
divin et si charmant, punissez-nous donc
avant lui, car nous seuls sommes les auteurs
de ses malheurs et de ses fautes!... »

On reconnut, dans ces deux spectateurs,
les deux Levantins Hamousseb et Noureddin,
autrefois habitués de la Sorbetteria Grande,
et qu'on croyait absents de Naples depuis
quelque temps. Ils cherchèrent à s'échapper

après cette exclamation... Mais un des spectateurs ayant voulu les retenir fut étonné de
voir leurs deux barbes quitter tout à coup
leur menton.

Les robes des deux prétendus Levantins
tombèrent aussi, et on reconnut en eux les
deux plus grands professeurs de musique de
Naples, les nommés Nazzi et Braccioli, qu'on
disait morts depuis longtemps.

Ces deux hommes avouèrent alors qu'ayant
vu dans la personne du jeune fou Angelo Bagatini l'étoffe d'un des plus grands chanteurs
qu'on eût encore entendus en Italie, ils avaient
voulu en tirer parti ; et, grâce à une certaine
influence qu'ils avaient prise sur lui, ils l'a-
vaient jeté sans cesse, par leurs perfides insi-
nuations, dans les circonstances les plus propres à bouleverser sa pauvre cervelle.

C'était ainsi qu'ils étaient parvenus à donner
une émulation perpétuelle au talent et aux

idées du jeune virtuose, ajoutant sans cesse
quelques cordes nouvelles à sa voix, instru-
ment si rare et si mélodieux.

On parla d'abord de punir sévèrement Nazzi
et Braccioli pour l'étrange et coupable abus
qu'ils avaient fait de l'existence et de l'esprit
du pauvre Bagatini, qu'ils s'étaient plu à
pousser sans cesse en avant et à faire agir
comme un automate par des ressorts qu'eux
seuls dirigeaient.

Mais le Roi, qui était lui-même grand amateur de musique, voulut bien leur pardonner,
à condition, pourtant, qu'ils seraient toujours
à la disposition de Bagatini et l'accompagne-
raient au clavecin, chaque fois qu'il lui pren-
drait fantaisie de chanter.

Après la représentation qui l'avait si glo-
rieusement réhabilité, notre héros vit venir
à lui plusieurs agents du théâtre, les mains
pleines de sequins, parlant tous à la fois, lui

proposant de l'engager pour le prix qu'il vou-
drait sur les principaux théâtres de l'Italie.

Mais Angelo coupa court à leurs offres, en
se tournant d'un air gracieux et tendre vers
celle qui avait si bien complété la tâche commencée par les deux étrangers de la Sorbetteria
Grande. Sa gloire, son talent, son cœur
et sa voix appartenaient désormais à sa chère
Gabrielli.

Ainsi se termina la carrière pénible et aven-
tureuse du grand professeur Bagatini. Les
chanteurs de profession, ou les gens curieux
de ces sortes de détails, en trouveront d'autres
encore sur lui dans l'histoire de Martini, dans
Tosi, Arteaga, Marcello, etc.

Bagatini fonda par la suite, à Naples, une
école de chant et de composition qui devint
célèbre, mais resta bien inférieure à celle qui
venait de s'éteindre et dont il était le dernier
rejeton. Il eut cela de particulier, qu'il

servit de transition entre la grande époque
du chant italien et l'époque de décadence. Il a
clos la liste des incomparables chanteurs qui
ont brillé en Italie depuis le milieu du dix-
septième siècle jusqu'à la première moitié du
dix-huitième.

Après lui, on a entendu des musiciens
estimables sans doute et pleins de mérite ; mais
ils ont eu le malheur de savoir réfléchir. Ils
ont, en un mot, manqué à cette singulière
maxime qu'on trouve inscrite au long dans
Cesarotti et Malterini, qui prétendent « qu'un
bon chanteur doit toujours être à moitié fou. »

## XXXI.

### CONCLUSION.

Eugène Lavernaye venait d'achever la lecture du manuscrit qui s'était trouvé sur sa
table au moment où le chagrin causé par la
plus folle vision commençait à s'emparer de
lui. Il faisait jour, et ses deux bougies étaient
presque consumées.

Il ne douta pas alors que ce manuscrit n'eût été remis chez lui par M. de S...., grand amateur de musique et possesseur d'une riche collection de chroniques et d'historiettes italiennes.

M. de S..... avait sans doute traduit et arrangé celle-ci d'une façon romanesque, afin de donner à son ami un soi-disant avertissement sur le mariage qu'il se proposait de contracter avec une jeune fille très adonnée au chant et appartenant à la liste des jeunes femmes que M. de S..... appelait « *les Italiennes de salon.* »

Eugène fit effectivement quelques réflexions après avoir lu cette chronique; mais il se souvint aussi que M. de S..... s'était autrefois occupé sérieusement de M^{lle} de Lussan.

M. de S....., rencontrant Eugène quelques jours après chez Madame M....., lui demanda en riant ce qu'il pensait de son manuscrit et

ce qu'il fallait conclure, en général, du caractère et de l'humeur des jeunes filles qui
faisaient du chant leur occupation et leurs
délices.

» Mon cher M. S....., » lui répondit Eugène, qui comprit qu'on avait voulu le prendre
pour dupe, « votre histoire m'a donné à réfléchir sans doute; mais elle ne saurait s'appliquer à mes sensations présentes. Son principal
tort est de se passer à Naples....; prouvez-moi
qu'elle est possible à Paris, et je vous accorde
que mes craintes et ma défiance sur le caractère de M^lle de Lussan étaient fondées. »

M. de S....., qui se voyait pris au piége
et joué par un homme beaucoup moins fin
que lui, se mordit les lèvres et garda le silence.

Trois mois après, Eugène Lavernaye, qui
était riche et maître de sa fortune, se maria,
sans concevoir de craintes sur la constance
et la stabilité d'humeur de sa femme. Il n'y

eut pourtant chez lui ni concerts, ni soirées, ni matinées musicales; non pas qu'il fût jaloux et craignît de se trouver en rivalité avec une cavatine ou un rondeau : non. Il avait seulement tiré du manuscrit de M. de S..... cette simple et naturelle conséquence :

« C'est que M^{lle} Pauline de Lussan, Française et Parisienne, n'avait jamais su chanter. »

FIN.

## Paris,

L. DESESSART ET Cᵉ, ÉDITEURS,

RUE DE SORBONNE, 9.

# ROMANS.

---

## ARSÈNE HOUSSAYE.

La Pécheresse,                    2 vol. in-8.  15 fr. » c.

*Deuxième édition.*

. . . . . . . . . . . . . . . . . . . . . . . . . . . . . .

Il y a un livre admirable qui a enfanté toute une famille d'ardentes créations, *Manon Lescaut*. Déjà, depuis quelques siècles,
les passions s'étaient révoltées sous le nom de don Juan, et sem-
blaient protester contre toute compression. Manon Lescaut, ce
don Juan femelle, a commencé le cri de révolte, continué de nos
jours par les Leone Leoni, les Lelia, les Pulchérie, les Octave,
les Dafné, ces puissantes créations, inquiètes et insatiables, qui
vont se précipitant au devant de toutes les satisfactions des
sens.

Le livre de M. Arsène Houssaye appartient à ce genre de littérature qui s'inspire des drames de la passion humaine : c'est
l'histoire de Théophile de Viau, le poète de Louis XIII. Le ro-
mancier a placé le poète entre les deux amours qui se disputent
sans cesse le domaine du cœur: l'amour idéal et l'amour sensuel.
Dès la jeunesse du poète, on aperçoit ces deux tendances qui se
remplaceront tour à tour, mais qui ne se détruiront jamais. Théophile a dix-huit ans ; il erre autour du château natal, il aspire le
parfum des fleurs, il rêve en contemplant le bleu du ciel. Une
jeune fille s'offre à ses regards et fait tressaillir son cœur : c'est
Cloris ; elle est pure comme le bleu du ciel, mystérieuse comme
le bocage. Le poète a trouvé son idéalité. Mais Cloris a une
sœur, Dafné, autre Pulchérie, autre Manon ; et sans cesse le
cœur de Théophile flotte de Cloris à Dafné : ce sont deux passions irrésistibles, deux dominatrices qui commandent ensemble. Sur la fin de cette lutte, on voit apparaître une délicieuse
figure de jeune fille, Mignonnette, qui semble réunir ces deux
extrêmes. On espère un moment que le poète, battu par toutes
ces tourmentes, va se reposer enfin dans un amour qui résumera

# ROMANS.

## ARSÈNE HOUSSAYE.

les deux autres; mais Dafné, mais la volupté flétrit Mignonnette, et Théophile meurt avec la Pécheresse sous les regards célestes de Cloris, qui apparaît à leur mort comme un ange envoyé pour pardonner la frénésie de leurs amours. Ce livre intéresse vivement. Le style a d'ailleurs beaucoup de charme, et me rappelle involontairement la sculpture de la renaissance, et surtout la sculpture de Germain Pilon. C'est une même finesse, un même éclat, une même variété; enfin, les faits et les caractères y sont conduits avec la logique de la passion; ils s'y déroulent naturellement, sans exagération et sans démenti. . . . . . . . . . . . . . . . . . . . . . . . . . . . . . . . . . . . . . . . . . . . . . ( *Le Siècle.* )

LA COURONNE DE BLUETS,                 1 vol. in-8.    7 fr. 50 c.

### *Pour paraître :*

LES AVENTURES GALANTES DE
    MARGOT,                          1 vol. in-8.    7      50

LA BELLE AU BOIS DORMANT,        1 vol. in-8.    7      50

LE SERPENT SOUS L'HERBE,          2 vol. in-8.    15      »

MADAME DE POMPADOUR,              2 vol. in-8.    15      »

LES MIGNONS DU ROI DE CASTILLE,   2 vol. in-8.    15      »

HISTOIRE DU ROMAN ET DES ROMAN-
    CIERS,                            2 vol. in-8.    16      »

# ROMANS.

## ERNEST MÉNARD.

| | | |
|---|---|---|
| PEN MARCH, | 1 vol. in-8. | 7 fr. 50 c. |
| BUDIC MUR, marine du XIVᵉ siècle, | 2 vol. in-8. | 15 » |
| QUIBERON, 2ᵉ édition, | 2 vol. in-8. | 15 » |
| LE CHAMP DES MARTYRS, suite de Quiberon, | 2 vol. in-8. | 15 » |

### Pour paraître :

| | | |
|---|---|---|
| ROBERT D'ARBRISSEL, | 2 vol. in-8. | 15 » |
| LA BAIE DES TRÉPASSÉS, | 2 vol. in-8. | 15 » |
| BON REPOS, | 2 vol. in-8. | 15 » |

## A. DE FRANCE.

LES PRISONNIERS D'ABD-EL-KADER, 2 vol. in-8. 12 »
ornés du portrait d'Abd-el-Kader,
et du plan de Tékédemta.
Deuxième édition.

## GUSTAVE WEST.

UN HOMME ENTRE DEUX FEMMES, 1 vol. in-8. 7 50

# ROMANS.

## JULES DE SAINT-FÉLIX.

CLÉOPATRE, reine d'Égypte,      2 vol. in-8. 15 fr.    »

MADEMOISELLE DE MARIGNAN, 2e éd., 1 vol. in-8.   7    50

« Aujourd'hui, M. de Saint-Félix nous donne un roman de pure imagination, *Mademoiselle de Marignan*, histoire du cœur, pensée et écrite avec une exquise sensibilité. Cette fois, M. de Saint-Félix n'a rien à craindre de la critique : son roman, plein d'un doux intérêt et d'un charme irrésistible, laisse dans l'âme une vive et profonde émotion ; c'est un livre simple et poétique, plein d'esprit et de sentiment. Mademoiselle de Marignan est une jeune femme qu'un vieillard a épousée pour l'enrichir ; comme *Adèle de Sénanges*, elle est aimée par un jeune poète, Fernand d'Arona, qui, après avoir appris son mariage, part pour la Grèce, comme lord Byron.

» Le récit est orné de scènes charmantes et de gracieuses descriptions. Un dénoûment dramatique et déchirant termine l'histoire de cette chaste et dramatique passion, où trois cœurs se brisent. M. Jules de Saint-Félix a été heureusement inspiré, et nous l'aimons autant sur les sommets du Cantal que sur les bords du Nil. »       (*Extrait du Courrier français.*)

### Pour paraître :

LE COLONEL RICHMOND,       2 vol. in-8. 15      »

LA FIANCÉE DE RAPHAEL,     ol. in-8. 15      »

## Mme TULLIE MONEUSE.

TROIS ANS APRÈS,       1 vol. in-8. 7     50

### Pour paraître :

RÉGINA,       2 vol. in-8. 15      »

# ROMANS SOUS PRESSE.

### ARSÈNE HOUSSAYE.

| | | | |
|---|---|---|---|
| La Belle au bois dormant, | 1 vol. in-8. | 7 fr. | 50 c. |
| Les Aventures galantes de Margot, | 1 vol. in-8. | 7 | 50 |
| Le Serpent sous l'herbe, | 2 vol. in-8. | 15 | » |
| Madame de Pompadour, | 2 vol. in-8. | 15 | |

### JULES DE SAINT-FÉLIX.

| | | | |
|---|---|---|---|
| Le colonel Richmond, | 2 vol. in-8. | 15 | » |

### ALPHONSE ESQUIROS.

| | | | |
|---|---|---|---|
| Le Magicien, | 2 vol. in-8. | 15 | » |

### ÉMILE BARRAULT.

| | | | |
|---|---|---|---|
| Un Roman, | 2 vol. in-8. | 15 | » |

### ERNEST MÉNARD.

| | | | |
|---|---|---|---|
| Robert d'Arbrissel, | 2 vol. in-8. | 15 | » |

### MADAME TULLIE MONEUSE.

| | | | |
|---|---|---|---|
| Régina, | 2 vol. in-8. | 15 | » |

### H. RAYNAL.

| | | | |
|---|---|---|---|
| Boquillon le Pied-bot, | 2 vol. in-8. | 15 | » |

### ÉLIE RAYMOND.

| | | | |
|---|---|---|---|
| Les Sentiers perdus, | 1 vol. in-8. | 7 | 50 |

# LIVRES SCIENTIFIQUES.

### ÉMILE BARRAULT.

OCCIDENT et ORIENT, études politiques, morales et religieuses, 1 fort vol. in-8.                                                           8 fr.

GUERRE OU PAIX EN ORIENT, suite d'*Occident et Orient*, 1 vol. in-8.                                                           4 »

### FRÉDÉRIC DE BROTONNE.

*Conservateur de la bibliothèque Sainte-Geneviève.*

HISTOIRE DE LA FILIATION ET DES MIGRATIONS DES PEUPLES, 2 forts vol. in-8.,                                                           16 »

L'*Histoire des Peuples* est une collection de monuments nationaux isolés, qu'il devient chaque jour plus nécessaire de coordonner et de placer sous un point de vue qui embrasse l'humanité tout entière. Lier les peuples entre eux pour en former une chaîne dont on puisse suivre le développement n'est pas un travail de simple curiosité : on conçoit que de l'unité de l'espèce humaine découle la vérification en fait de la théorie philosophique et religieuse de la fraternité humaine, et, dans un siècle positif, on se soumet plutôt aux démonstrations qu'aux vérités de sentiment. Constater l'unité de l'espèce au milieu de ses variétés, et l'unité de civilisation antérieurement aux mille divergences que le temps et les événements ont produites, c'est donc établir la véritable base des droits et des devoirs sociaux. C'est ce travail de coordination qu'a entrepris M. de Brotonne, conservateur de la bibliothèque de Ste-Geneviève. L'histoire l'a conduit à reconnaître dans l'Asie centrale le premier peuple dont sortirent tous les autres ; mais cette vérification eût été imparfaite en restant isolée; en effet, s'il n'y a qu'un premier peuple, il n'y a qu'une chronologie, qu'une religion et qu'une langue, c'est ce qu'il vérifie successivement dans l'histoire de la filiation et des migrations des peuples. L'auteur a gardé pour lui les difficultés des discussions, et n'offre que les résultats et les rapprochements, en indiquant les sources. C'était le seul moyen de diminuer l'étendue de l'ouvrage, et de lui donner un intérêt de narration et de style qui en rendît la lecture facile et attachante.

# Classiques Grecs

ADOPTÉS POUR L'EXAMEN AU BACCALAURÉAT ÈS - LETTRES,

AVEC TRADUCTION TRÈS LITTÉRALE EN REGARD DU TEXTE,

## PAR M. VENDEL HEYL,

Professeur au collége royal de Saint-Louis.

| | |
|---|---|
| DIALOGUES DES MORTS, DE LUCIEN, | 1f. 50 |
| CYROPÉDIE DE XÉNOPHON, livre premier, | 1 80 |
| CYROPÉDIE DE XÉNOPHON, livre second, | 1 20 |
| OEDIPE ROI, tragédie de Sophocle, | 1 60 |
| APOLOGIE DE SOCRATE, par Platon et Xénophon, | 1 50 |
| VIE DE MARIUS, par Plutarque, | 1 80 |
| VIE DE SYLLA, par Plutarque, | 1 60 |

*Les mêmes auteurs, GREC SEUL, sont aussi en vente et coûtent
moitié prix.*

---

### SOUS PRESSE :

VIE DE CICÉRON, par Plutarque.
DISCOURS D'ESCHINE CONTRE CTÉSIPHON.
DISCOURS DE DÉMOSTHÈNE, *de coronâ.*
PREMIÈRE OLYNTHIENNE de Démosthène.
SECONDE OLYNTHIENNE de Démosthène.
HÉCUBE, tragédie d'Euripide.
1, 2, 3 ET 4ᵉ LIVRES DE L'ILIADE.

La Collection de tous les Classiques grecs adoptés pour
l'examen au baccalauréat ès-lettres, avec la traduction en regard du texte, formera quatre volumes grand in-18 dont le prix
ne dépassera pas 24 francs.

UNE GRAMMAIRE FRANÇAISE, par M. VENDEL HEYL.

---

Imprimerie de Henri Dupuy, rue de la Monnaie, 11.

EN VENTE :

# LE
# MAGICIEN

PAR

## ALPHONSE ESQUIROS.

2 vol. in-8. — 15 fr.

————

POUR PARAITRE EN FÉVRIER :

# LES ROUÉS
## DE PARIS,

PAR

## ARNOULD FREMY,

AUTEUR D'UNE FÉE DE SALON; DE LA CHASSE AUX FANTOMES.

www.ingramcontent.com/pod-product-compliance
Lightning Source LLC
Chambersburg PA
CBHW050151030726
47505CB00005B/1324